Ma vie musicale

NIKOLAI RIMSKY-KORSAKOV

1914

TABLE DES MATIERES

NIKOLAI RIMSKY-KORSAKOV

INTRODUCTION DE L'ADAPTATEUR

RIMSKY-KORSAKOV ET LA «NOUVELLE ÉCOLE»

EN juin 1908, Rimsky-Korsakov fut enlevé à la musique russe, alors qu'en pleine activité, son superbe talent, certains disent son génie, venait d'être consacré à Paris par la représentation triomphale de la Snegourotchka.

A la mort du regretté compositeur, par les mains pieuses de sa veuve, musicienne experte, elle-même, fut édité l'original des mémoires du défunt compositeur, sous le titre de Ma vie musicale et dont le haut intérêt attira l'attention de la presse et du public russes. De fait, dans cet in-folio de près de 400 pages, les renseignements abondent, non seulement sur «la vie musicale» de l'auteur, mais sur toute la «nouvelle école» dont il fut le plus actif représentant et que la «saison russe» des derniers printemps a révélée aux Parisiens avec un succès si imprévu.

Il était inévitable que la soudaineté même de ces manifestations d'une musique peu connue du public occidental nous fît commettre certaines erreurs de jugement qu'il n'est pas indifférent de redresser, en puisant à une source aussi sûre que le témoignage de celui-là même qui fut l'un des fondateurs de cette musique. C'est l'un des motifs de la traduction que nous donnons des mémoires de N.-A. Rimsky-Korsakov. Mais rassurons tout de suite le lecteur rebelle aux dissertations sur le contrepoint, l'harmonie, la fugue ou l'orchestration. Ces mémoires sont de ceux qu'on lit à la fois avec plaisir et profit; et si l'auteur nous renseigne exactement sur la période la plus intéressante du mouvement musical en Russie, il le fait avec agrément et sans dédaigner la couleur ni l'anecdote significative.

Au surplus, un choix nous est imposé par les dimensions mêmes du livre, contenant des parties où sont relatés les événements familiaux et ceux de la carrière navale de l'auteur, mentionnant des faits et des noms peu familiers au lecteur français. Cette partie des mémoires pourrait être utilisée dans une étude consacrée à la biographie de Rimsky-Korsakov, accompagnée de commentaires qu'elle exige et complétée de détails qui lui manquent.

Les pages que nous publions aujourd'hui décrivent la physionomie des «cinq» qui furent les fondateurs, de la «nouvelle école»: Balakirev, César Cui, Moussorgsky, Borodine et notre auteur, le plus jeune et le plus fécond, Rimsky-Korsakov. Elles précisent ce qu'on sait déjà de l'influence prédominante du premier sur les quatre autres et du soin désintéressé qu'a mis le dernier à mettre sur pieds les œuvres inachevées de Moussorgsky et de Borodine. Elles nous disent le rôle qu'a joué Berlioz auprès de ces novateurs et, naturellement, caractérisent surtout ce «da vie musicale» de l'auteur de la Pskovitaine et de Snegourotchka.

Toutefois, pour l'intelligence de ces chapitres choisis, il convient de les éclairer, de les relier pour ainsi dire, par une brève notice biographique sur le narrateur, ce que nous ferons en nous guidant en partie de ses propres mémoires.

Né en 1844, à Tikhvine, dans ce gouvernement de Novgorod qui fut à l'origine une république autonome et dont les chants populaires l'ont plus d'une fois inspiré, le jeune Nicolas Rimsky-Korsakov montra de bonne heure d'exceptionnelles dispositions musicales. Il les tenait tant de son père que de sa mère, mais c'est surtout son oncle paternel qui était doué d'une vraie nature de musicien, jouant au piano des ouvertures entières et autres morceaux compliqués, sans connaître une note et ne se guidant que sur son ouïe. Quant au petit Nicolas, à peine âgé de deux ans, il distinguait déjà parfaitement les mélodies que lui chantait sa mère; à quatre ans, il répétait correctement ce que lui avait joué son père, et retrouvait de lui-même sur le piano les notes de la mélodie qu'il avait chantée. A six ans, commencèrent ses études régulières de piano, et cinq ans après, il composait!

«J'avais onze ans, raconte-t-il, quand l'idée me vint de composer un duo vocal et son accompagnement au piano. J'ai pris les paroles dans un livre d'enfant. J'ai réussi à écrire ce duo et, autant que je me souviens, ça se tenait assez bien.»

Mais, ajoute-t-il, ni pendant son enfance, ni pendant sa jeunesse même, il n'a rêvé de la carrière de musicien; étant d'une famille de marins, c'est la marine qui l'attirait. Il entra à l'École navale de Saint-Pétersbourg, ville où il eut aussi plus de facilité d'entendre de la vraie musique, ainsi que de poursuivre ses études musicales. C'est alors que, toujours élève assidu de l'École navale, il composa, en 1862, sa première œuvre, une symphonie, qui, chose à noter, fut aussi la première symphonie russe, car avant lui, aucun compositeur de son pays n'avait abordé ce genre élevé de composition musicale. L'aspirant de marine termina cette œuvre pendant son voyage de circumnavigation, et, à son retour, il put la voir exécutée, en 1865, à un concert de l'École Gratuite de Musique de Saint-Pétersbourg que dirigeait le jeune mais déjà célèbre Balakirev. Le succès de la symphonie fut éclatant, et son auteur, à peine âgé de vingt-deux ans, fut admis dans le cercle de Balakirev au même titre que les aînés.

Promu entre temps officier et tout en continuant son service dans les bureaux de la marine, Rimsky-Korsakov consacra dès lors tous ses loisirs à la musique. Il écrivit successivement son «tableau musical» pour orchestre: Sadko; la Fantaisie serbe et le poème symphonique Antar. Et l'auteur n'avait que vingt-quatre ans! Bientôt après, en 1872, il termina son premier opéra, cette Pskovitaine que nous avons écoutée avec ravissement pendant l'une des «saisons russes».

Il est vrai que c'est la troisième rédaction, celle de 1892, qui fut représentée à Paris, et c'est l'ignorance de ce fait important qui a induit en erreur nos critiques musicaux, demeurés surpris non seulement devant le caractère nouveau de cette musique, composée il y a près d'un demi-siècle, mais encore devant la science consommée dont faisait preuve le compositeur débutant.

C'est le moment de dire que Rimsky-Korsakov ignorait tout à cette époque de la technique musicale, ayant été seulement à l'école de Balakirev, qui se faisait précisément gloire de ne pas entraver sa libre inspiration par la syntaxe: un sens sûr et son expérience individuelle remplaçaient chez ce dernier le savoir méthodique, et son talent exceptionnel de créateur spontané voilait son manque d'instruction technique. Moussorgsky, dont le talent confinait au génie, en savait encore moins et ne chercha jamais à s'instruire. Pourtant, il est l'auteur de ce prodigieux Boris Godounov. Borodine, l'auteur de cette autre œuvre-maîtresse: Le prince Igor, ne s'était pas non plus formé à une école régulière.

Au reste, sur les «cinq», seul Balakirev, grâce à l'appui des mécènes avertis, a pu faire de la musique son unique occupation. Moussorgsky, d'abord officier de la garde, était employé d'État; Borodine, un savant d'une réelle autorité, «de plus chimiste des musiciens», suivant l'expression d'un autre chimiste, professait la chimie à l'École de Médecine; César Cui, un non moins savant professeur de fortification à l'École du Génie, est arrivé aujourd'hui au grade de général. Nous avons vu, enfin, que Rimsky-Korsakov était marin. Et tous, ils traitèrent avec un certain dédain les «forts en thème» qui, tel Tchaïkovsky, avaient passé par le Conservatoire de Musique. C'est pour réagir contre cet enseignement «officiel» que Balakirev avait fondé l'École Gratuite de Musique, où la pratique primait la théorie.

Il est une fort curieuse lettre, datée de 1877, où Tchaïkovsky, précisément, déplore l'influence exercée sur Rimsky-Korsakov par Balakirev et son groupe. Certains passages sont à citer, parce qu'ils décrivent assez exactement l'état d'âme où se trouvait, à cette époque, le plus jeune des membres de ce groupe, et caractérisent en même temps l'auteur de la lettre, le représentant le plus autorisé de l'école méthodique, fondée en Russie par Antoine Rubinstein.

«Balakirev, déclare catégoriquement Tchaïkovsky, a gâché les jeunes années de Rimsky-Korsakov en lui suggérant que l'étude est vaine. Il est l'inventeur de ce nouveau groupe qui renferme des forces réelles, mais incultes, faussement orientées ou épuisées prématurément. Tous ces compositeurs ont énormément de talent, mais ils sont atteints profondément d'une outrecuidance illimitée de dilettanti, se croyant supérieurs à tout le reste du monde musical.

«Seul Rimsky-Korsakov fait exception. Il s'est formé lui-même comme les autres; mais une transformation s'est opérée en lui. C'est une nature loyale et sérieuse. Tout jeune, il s'est trouvé au milieu de personnes qui l'ont persuadé d'abord de son génie, puis de l'inutilité de l'étude, de l'action néfaste de l'école sur la force créatrice, sur l'inspiration, etc. Il y crut. Ses premières compositions témoignent d'un très grand talent, mais dépourvu de toute connaissance théorique.

«Tous les membres de son groupe étant amoureux chacun de soi et les uns des autres, cherchèrent à imiter telle œuvre produite par l'un d'eux qu'ils avaient jugée parfaite. C'est ainsi qu'ils tombèrent dans la monotonie des procédés, l'impersonnalité, la mièvrerie. Rimsky-Korsakov fut le seul qui comprit, il y a cinq ans environ, que les idées mises en avant par le groupe n'ont aucun fondement, que le mépris de l'école, de la musique classique, des modèles reconnus, n'est autre que de l'ignorance. Je possède une lettre de lui, écrite à cette époque, qui m'avait profondément ému.

«Il fut au désespoir lorsqu'il s'aperçut de la perte de tant d'années pendant lesquelles il avait suivi un sentier qui ne menait nulle part. Il se demandait ce qu'il devait faire. Apprendre, naturellement; et il se mit à l'étude avec un tel zèle que bientôt la technique l'absorba tout entier...[1]»

De fait, nommé en 1871—à vingt-sept ans—professeur d'instrumentation et de composition au Conservatoire de musique de Saint-Pétersbourg, il s'est dit que pour pouvoir enseigner, il faut d'abord apprendre. Déjà auteur de la remarquable symphonie Antar, de l'opéra la Pskovitaine, il fréquente la classe de son collègue du Conservatoire, M. Johansen, s'assied sur le banc des élèves et repasse avec eux les problèmes d'harmonie, de contrepoint, de fugue. Il revise entièrement la plupart de ses productions anciennes, et c'est à cette époque que se rapporte notamment sa deuxième version de la Pskovitaine.

Ayant quitté le service actif dans la marine, il fut nommé, deux ans après, inspecteur des musiques militaires de la flotte, et, dans ce poste encore, il profita pour étudier en détail les instruments à vent et pénétrer tous les secrets de l'instrumentation. Succédant à Balakirev comme directeur de l'École Gratuite de Musique, il s'y fait la main comme chef d'orchestre, en jouant des classiques, au vif mécontentement de son prédécesseur.

Il demeure toutefois dans les meilleurs termes avec les membres de son groupe, en devient pour ainsi dire le «théoricien», auquel Balakirev renvoie avec une moue dédaigneuse ceux d'entre ses élèves qui veulent commencer par le commencement. A ce titre encore, il ne ménage pas son concours désintéressé à Moussorgsky et à Borodine, l'offre même avec insistance, poussé qu'il est par le désir, si rare chez un confrère, de conserver à l'art des productions de génie qui allaient s'évanouir par la paresse et l'intempérance de l'un, l'activité scientifique et pédagogique de l'autre. Et si Boris Godounov et Le prince Igor, ces chefs-d'œuvre non seulement de la nouvelle école, mais de toute la musique russe, ont pu être représentés, tous les historiens du mouvement artistique en Russie sont d'accord pour affirmer qu'on le doit aux soins et à la science de Rimsky-Korsakov. C'est lui qui a parachevé, ordonné et entièrement orchestré les deux opéras, aidé en partie, pour Le prince Igor, par son meilleur élève, A. Glazounov, devenu maître à son tour, aujourd'hui directeur du Conservatoire de musique de Saint-Pétersbourg.

La maîtrise de Rimsky-Korsakov, mettant en valeur ses dons innés, s'affirma de plus en plus dans ses propres productions: les opéras la Nuit de Mai, écrit en 1879, et Snégourotchka, cette œuvre d'une poésie épique, tout imprégnée du lumineux paganisme slave, et qui, incomprise au début, fit bientôt solidement asseoir la renommée du jeune compositeur. Balakirev, tombé dans le mysticisme, s'efface durant de longues années, et Rimsky-Korsakov est reconnu pour le vrai chef de la nouvelle école, salué, d'autre part, par des techniciens tels que Liszt et Tchaïkovsky.

Il a toute l'autorité, dès lors, pour publier son traité d'harmonie, résumé remarquablement clair et précis de ses leçons au Conservatoire, et qui demeure encore le modèle du genre. Ses multiples occupations, au Conservatoire, au choral de la Cour, aux «Concerts symphoniques russes», dont il dirigeait l'orchestre, etc., n'arrêtèrent point son extraordinaire fécondité. Outre la troisième version de la Pskovitaine, il écrit successivement les opéras: Mlada, La Nuit de Noël, Sadko, Mozart et Salieri, Vera Scheloga (prologue à la Pskovitaine), La Fiancée du tsar, le Dit sur le tsar Saltan, Servilie, Kastcheï, le Pan Voyevode, Kitej et, enfin, le Coq d'or, dont la représentation ne fut autorisée par la censure qu'après la mort de l'auteur. Citons ensuite, en plus des symphonies indiquées au début, l'ouverture «sur des thèmes russes», le Capriccio espagnol, le «Conte pour orchestre», l'ouverture dominicale (thème religieux), la suite symphonique Scheherazade; puis, nombre de pièces pour piano, des chœurs, des romances, des chants populaires et religieux, etc., etc.

Nous nous éloignerions du but indiqué en cherchant à caractériser l'œuvre considérable du défunt compositeur. Mais puisque nous parlons de «nouvelle école», il convient de rappeler en une brève formule l'objectif qu'elle poursuivait et la voie qu'elle avait prise pour l'atteindre.

Son but était la recherche de la vérité (le précurseur de cette école, Dargomijsky, se l'était déjà imposé) et de la couleur nationale. Glinka, de qui date la conquête de l'indépendance de la musique russe, avait réussi à se dégager partiellement de l'influence étrangère. Mais ce fut le groupe des «cinq» qui se différencia radicalement en tirant parti du riche patrimoine constitué par les chants populaires. Là est la base de cette musique nouvelle et qui lui imprime une si forte originalité. Quant à la forme, elle est renouvelée par l'introduction dans le drame lyrique du style symphonique et des récitatifs, ainsi que par l'emploi fréquent des chœurs qui expriment avec ampleur l'âme collective de la nation.

Rimsky-Korsakov, en particulier, «a découvert et réalisé, selon l'expression de M. Glazounov, non seulement l'harmonisation, mais encore le contrepoint du chant russe, ce qu'avait rêvé Glinka», et l'auteur de la Pskovitaine apparaît ainsi comme le continuateur direct du fondateur de la musique nationale. C'est Glazounov, le plus brillant des derniers venus de la nouvelle école, qui parle ainsi.

Quoi qu'il en soit, toute cette période décisive de formation d'une musique nouvelle en Russie se reflète dans «da vie musicale» individuelle de Rimsky-Korsakov. Son existence consciente de musicien commence, en effet, vers 1860, quand tous les Russes étaient, comme lui, «amoureux» de Glinka, et elle s'achève en 1908, après l'apparition des élèves de Rimsky-Korsakov, tels que Glazounov, Arensky, Liadov, Tchérépnine.

Malheureusement, ses mémoires s'arrêtent dix-huit mois environ avant sa mort, ce qui nous prive de la possibilité de connaître ses impressions quant au triomphe de ses œuvres à l'Opéra-Comique et aux concerts de l'Académie nationale de Musique, au printemps de 1907. Dans sa préface aux mémoires de son mari, Mme Rimsky-Korsakov croit pouvoir expliquer ce silence par la composition de l'opéra Le Coq d'or, par laquelle son mari fut entièrement absorbé; puis son mal, une angine de poitrine, s'aggrava à partir de la fin de 1907 et l'emporta en juin de l'année suivante.

En revanche, nous trouvons dans son récit une brève description de son séjour à Paris, pendant l'Exposition de 1889, lorsqu'il y vint diriger les concerts russes au Trocadéro, ainsi que des pages ne manquant pas non plus d'intérêt pour nous, relatives aux concerts donnés par Berlioz à Saint-Pétersbourg.

E. HALPÉRINE-KAMINSKY

BALAKIREV ET SON GROUPE

(1861-1862)

BALAKIREV a produit sur moi une forte impression dès notre première rencontre. Excellent pianiste, jouant tout par cœur, il avait des pensées hardies et neuves et un talent de compositeur que je vénérais.

A notre première entrevue, on lui montra mon scherzo en «Ut min.»; il approuva après quelques remarques. On lui fit entendre mon nocturne et des fragments de symphonie. Il exigea que je me misse sans tarder à la composition de la symphonie. Je fus transporté de joie.

Je rencontrai chez lui Cui et Moussorgsky dont j'avais seulement entendu parler par Canillet[2].

Balakirev instrumentait alors pour Cui l'ouverture du Prisonnier du Caucase. Avec quel enthousiasme j'assistais à ces débats sur l'instrumentation, la vocalisation, etc. On joua également à quatre mains l'allegro en «Ut maj.» de Moussorgsky qui me plut. Je ne me souviens plus quel morceau de lui joua Balakirev; je crois que c'était le dernier entr'acte du Roi Lear. Puis, ce furent des conversations sur les questions musicales du jour. Je me suis trouvé plongé du coup dans un monde nouveau de vrais musiciens de talent dont j'avais jusqu'ici seulement entendu parler par des camarades dilettanti. L'impression était réellement très forte.

Chaque samedi soir des mois de novembre et décembre, je me rendais aux réceptions de Balakirev où venaient fréquemment Moussorgsky et Cui. C'est chez lui également que je fis connaissance de V. V. Stassov[3]. Je me souviens qu'au cours d'un de ces soirs, Stassov nous lut des fragments de l'Odyssée en visant surtout l'instruction de ma personnalité.

Balakirev, seul ou à quatre mains avec Moussorgsky, jouait des symphonies de Schumann, des quators de Beethoven; Moussorgsky chantait des morceaux de Rousslan[4] notamment la scène de Farlaf et de la Naïna.

Autant que je m'en souviens, Balakirev composait alors un concerto pour piano, dont il nous jouait des fragments. Il m'expliquait souvent la forme des compositions et leur instrumentation. C'était tout nouveau pour moi. Les goûts de son groupe allaient vers Glinka, Schumann et le dernier quator de Beethoven. Huit des symphonies de celui-ci n'étaient que médiocrement prisées par le groupe; Mendelssohn, sauf son ouverture du Songe d'une nuit d'été et le Hebriden, était peu estimé. Mozart et Haydn étaient considérés comme vieillis et naïfs; Sébastien Bach passait pour pétrifié ou tout simplement pour une nature musicale morte, sans sentiment, produisant comme une machine. Hændel, par contre, était, à leurs yeux, une nature puissante. Chopin était comparé par Balakirev à une mondaine nerveuse. Le commencement de sa Marche funèbre (en «si Bém. min.») l'enchantait, mais la suite ne valait rien à ses yeux; certaines de ses mazurkas plaisaient, mais la plupart de ses productions étaient seulement considérées comme de la fine dentelle. Berlioz, qu'on commençait à connaître, était très apprécié. Liszt était encore mal connu et déjà on le jugeait comme musicalement corrompu et parfois même caricatural. On parlait peu de Wagner.

L'attitude envers les compositeurs russes était la suivante: on estimait Dargomijsky pour la partie de la Roussalka contenant des récitatifs; ses fantaisies orchestrales passaient seulement pour une originalité, tandis que les romances Paladin et l'Air d'Orient étaient fort prisées. (Son opéra Le convive de pierre n'était pas encore écrit). En général, on lui refusait un talent exceptionnel et on le traitait avec une nuance d'ironie. Lvov[5] était jugé nul; Rubinstein ne jouissait que d'une réputation de pianiste, sans talent ni goût comme compositeur. Sérov n'avait pas encore commencé à cette époque sa Judith et l'on n'en parlait pas.

Je buvais avec avidité toutes ces opinions et, sans raisonnement ni contrôle, je me pénétrais des goûts de Balakirev, Cui et Moussorgsky. A vrai dire, beaucoup de ces opinions étaient des arrêts sans preuve, car le plus souvent, on ne jouait devant moi les œuvres des autres qu'en fragments et je n'avais pu me faire un jugement sur l'ensemble; certaines me restaient même totalement inconnues. Néanmoins, j'adoptais de confiance et avec enthousiasme ces arrêts et j'en parlais avec une ferme conviction à mes anciens compagnons amateurs de musique.

Balakirev s'attacha fortement à moi, m'affirmant que je prenais dans son affection la place de Goussakovsky sur lequel on fondait de grands espoirs et qui voyageait à cette époque à l'étranger. Si Balakirev m'aimait comme un fils et un élève, j'étais, moi, tout épris de lui. A mes yeux, son talent dépassait toutes les limites du possible et chacune de ses paroles m'apparaissait comme la vérité absolue.

Je n'éprouvais certes pas le même sentiment pour Cui et Moussorgsky; mais mon admiration et mon attachement pour eux étaient très grands.

Sur le conseil de Balakirev, je me mis à la composition de la première partie de la symphonie en «mi bém. min.», d'après les brouillons que je possédais.

Le prélude et le développement des thèmes subissaient de sensibles corrections de la main de Balakirev, et je retravaillais le tout avec zèle.

Pendant les fêtes de Noël, je me rendis chez mes parents à Tikhvine et j'y achevai toute la première partie, qui fut ensuite approuvée par Balakirev presque sans correction. La première tentative pour instrumenter cette partie me fut difficile, et Balakirev instrumenta pour moi la première page du prélude; dès lors mon travail avança plus vite. Balakirev et les autres affirmèrent même que je montrais des dispositions pour l'instrumentation.

Durant l'hiver et le printemps de 1862, je composai le scherzo (sans trio) pour ma symphonie, ainsi que le finale qui plut particulièrement à Balakirev et à Cui. Je crois me souvenir que ce finale fut composé sous l'influence de l'Allegro symphonique de Cui qu'on jouait à ce moment chez Balakirev. J'avais composé le principal thème de ce finale en wagon, lorsqu'à la fin de mars, je revenais de Tikhvine à Saint-Pétersbourg avec mon oncle Pierre.

Je n'ai pu connaître et aimer réellement la musique qu'à Saint-Pétersbourg, où j'ai entendu de la vraie musique, exécutée d'une façon convenable, même en écoutant des opéras comme Lucie de Lammermoor. Mais ma vraie affection pour l'art n'a commencé qu'après l'audition de Rousslan.

Le premier musicien et virtuose sérieux que j'aie connu était Canillet. Je lui suis profondément reconnaissant pour le développement de mon goût et la culture initiale de mes facultés de composition. Mais je lui reproche d'avoir peu soigné ma technique du piano, et négligé de me préparer aux études d'harmonie et de contrepoint. Les leçons d'harmonisation des chorals qu'il m'avait proposées avaient bientôt cessé; en effet, en corrigeant mes écrits, il ne m'enseignait pas les procédés élémentaires d'harmonisation, de sorte que, en résolvant mes problèmes à tâtons, je finis par m'en dégoûter. En travaillant chez Canillet, je ne connaissais même pas la dénomination des principaux accords, et pourtant je me piquais de composer des nocturnes, des variations, etc. C'est ainsi que, malgré mon goût grandissant pour la musique, j'étais à peine un dilettante lorsque je fis la connaissance du groupe de Balakirev.

C'est dans ces conditions, après des essais de dilettante par la technique, mais sérieux quant au style et au goût musical, qu'on m'incitait à la composition d'une symphonie. Balakirev, qui n'avait jamais fait aucune étude systématique de l'harmonie et du contrepoint, qu'il avait même totalement dédaignés, ne reconnaissait sans doute pas l'utilité d'une pareille occupation. Grâce à son talent naturel, son habileté de pianiste, le milieu musical dans une maison artiste où il avait dirigé un orchestre privé, il s'était du coup formé en véritable artiste praticien. Étonnant déchiffreur, incomparable improvisateur, doué d'un sentiment inné de l'harmonie et de la polyphonie, il possédait la technique de la composition, partie don naturel, partie acquisition de l'expérience personnelle. Il avait, et la science du contrepoint, et celle de l'orchestration, et le sentiment de la forme, en un mot, tout ce qui est exigé du compositeur. Tout cela, il l'avait acquis par une énorme érudition musicale et une mémoire extraordinaire, ce qui est d'un si grand secours pour s'orienter dans la littérature musicale. Son sens critique était, à ce point de vue, incomparable. Il sentait à l'instant l'erreur ou l'inachevé technique, il voyait immédiatement les défauts de la forme. Lorsqu'il en trouvait dans mes ouvrages ou dans ceux d'autres jeunes gens, il s'asseyait au piano, improvisait et montrait sans hésitation les défauts et comment il fallait s'en corriger. Despotique, il exigeait que l'œuvre fût revisée en suivant à la lettre ses indications, de sorte qu'on rencontrait plus d'une fois des passages entiers de lui dans les œuvres des autres. On lui obéissait aveuglément, car son ascendant était considérable. Jeune, avec de beaux yeux brillants et vifs, une luxueuse barbe, parlant avec autorité et franchise, prêt à tout instant à improviser, répétant sans se tromper tout morceau qu'on lui jouait une fois, il jouissait de cet ascendant comme nul autre. Appréciant le moindre indice de talent chez autrui, il ne pouvait ne pas sentir toutefois sa supériorité, et cet autre ne pouvait ne pas la subir. On eût dit que quelque force magnétique émanait de lui.

Mais en dépit de sa grande intelligence et de ses brillantes facultés, il ne comprenait pas qu'une chose bonne pour lui ne valût rien pour les autres, pour ceux qui s'étant développés dans d'autres conditions, possédaient une autre nature, et que leur progrès musical dût suivre une autre voie et s'accomplir dans le délai voulu. Il exigeait, en outre, que les goûts de ses élèves s'adaptassent identiquement aux siens. Le moindre écart était cruellement poursuivi par lui: railleries, parodies, tout lui était bon pour humilier l'élève; celui-ci rougissait et renonçait pour longtemps, sinon pour toujours, à l'opinion qu'il avait émise.

J'ai déjà défini la tendance générale des goûts de Balakirev et de ses amis, fortement influencés par lui. J'ajouterai que la création mélodique, sous l'influence des œuvres de Schumann, était peu prisée à cette époque. La plupart des mélodies et des thèmes était considérée comme le côté faible de la musique. Presque toutes les idées fondamentales des symphonies de Beethoven étaient jugées faibles; les mélodies de Chopin comme doucereuses et faites à l'intention des dames; celles de Mendelssohn, aigres et faites pour le goût des petits boutiquiers. Cependant, les fugues de Bach étaient estimées.

Une composition n'était jamais examinée dans son entier et au point de vue esthétique.

En vertu de ces principes, toute nouvelle œuvre que Balakirev faisait connaître à son cercle était exécutée par lui par fractions, souvent même sans ordre: d'abord la fin, puis le commencement, ce qui produisait généralement une étrange impression sur l'auditeur occasionnel.

Un élève dans ma situation devait montrer à Balakirev son œuvre dans un état encore embryonnaire. Balakirev y apportait aussitôt ses corrections, indiquant dans quel sens il fallait retravailler cet embryon. Ainsi, il louait les deux premières mesures et puis critiquait, ridiculisait les deux suivantes.

. . . .

Chose étrange, la fécondité et la rapidité de production n'étaient nullement approuvées par Balakirev qui possédait pourtant au plus haut degré le talent d'improvisation. De fait, il y avait là quelque chose d'énigmatique. Balakirev, prêt à tout moment à exercer sa fantaisie avec un goût parfait sur n'importe quel thème de lui ou d'un autre; Balakirev, qui saisissait instantanément les défauts de composition et qui indiquait immédiatement comment il fallait continuer telle partie ou éviter telle tournure; Balakirev, dont le talent de composition éclatait aux yeux de tous, ce même Balakirev composait avec une excessive lenteur et après mûre réflexion.

Il était alors âgé de vingt-quatre à vingt-cinq ans et il avait déjà à son actif plusieurs romances du meilleur crû, une ouverture espagnole, une autre russe et la musique pour le Roi Lear. Ce n'était pas beaucoup, et pourtant ce fut son époque la plus productive, car sa fécondité diminua avec les années...

En entrant dans le groupe de Balakirev, j'y ai pris pour ainsi dire la place de Goussakovsky. Celui-ci venait de terminer ses études à la Faculté de chimie et était parti pour longtemps à l'étranger. C'était un talent de compositeur puissant et une nature étrange, désordonnée et maladive. C'est du moins ce qu'affirmaient Balakirev et Cui. Sa musique était belle, d'un style mélangé de Beethoven et Schumann. Balakirev le guidait dans sa composition, mais il n'y restait rien d'achevé de lui; il passait d'un sujet à un autre et ses ébauches demeuraient souvent sans transcription et seulement dans la mémoire de Balakirev.

Quant à moi, je ne donnais pas beaucoup de peine à notre chef de groupe; j'étais toujours disposé à refaire suivant ses indications les parties de ma symphonie, et je les achevais en profitant de ses conseils et de ses improvisations. Il me considérait comme spécialiste en symphonie. Par contre, en attribuant à Cui le penchant pour l'opéra, il lui laissait une certaine liberté de création, se montrant condescendant sur certains points qui ne répondaient pas à son goût personnel.

La fibre obérienne dans la musique de Cui se justifiait par son origine mi-française, et on le laissait faire. On ne voyait pas en lui un futur bon orchestrateur, et Balakirev instrumentait volontiers certaines de ses pièces, notamment l'ouverture du Prisonnier du Caucase. Cet opéra était déjà prêt à cette époque et le Fils du Mandarin était presque achevé. Son Allegro en «mi bém. maj.» avait été écrit sans doute sous le contrôle rigoureux de Balakirev, mais resta inachevé, car tout le monde ne se pliait pas aussi aisément que moi aux exigences du maître...

Les tentatives symphoniques de Moussorgsky n'aboutirent pas davantage sous la pression des exigences de Balakirev...

En somme, le groupe de Balakirev pendant l'hiver 1861-62 comprenait Cui, Moussorgsky et moi. Il est certain que Balakirev était nécessaire autant à Cui qu'à Moussorgsky, comme conseiller, censeur, rédacteur et professeur, sans lequel ils ne pouvaient faire un pas. Qui aurait pu le remplacer pour conseiller et montrer sa façon de corriger leurs œuvres au point de vue de la forme? Qui aurait pu ordonner leur polyphonie? Qui les aurait dirigés dans l'orchestration et au besoin orchestré pour eux? Qui aurait corrigé leurs simples erreurs de rédaction?

Cui, qui avait pris quelques leçons chez Moniuszko, était loin de savoir conduire ses parties nettement et naturellement, et il n'avait aucun don d'orchestration. Moussorgsky, excellent pianiste, n'avait aucune préparation technique comme compositeur. Tous deux n'étaient point des musiciens de profession: l'un était officier du génie, l'autre officier de la garde en retraite.

Seul Balakirev s'occupait exclusivement de musique... Glinka en personne l'avait poussé à la carrière musicale et lui avait fourni le thème d'une marche espagnole pour la composition d'une ouverture. Cui et Moussorgsky lui étaient nécessaires comme amis, coreligionnaires et disciples, mais il aurait pu se passer d'eux. La vie exclusivement musicale permit à son talent de se développer rapidement. Le développement des autres commença tardivement, avança lentement et exigeait un guide. C'est Balakirev qui le devint, lui qui arrivait à tout sans peine ni système, mais simplement par son prodigieux don musical et qui, par suite, ne se souciait d'aucun système. Je dirai plus: n'ayant passé par aucune école, il n'en reconnaissait pas davantage la nécessité pour les autres. Toute préparation est vaine: il faut créer et acquérir l'expérience par la pratique. Tout ce qui manquera à cette création initiale chez ses amis-élèves, il l'ajoutera lui-même, contrôlera l'œuvre et la préparera pour l'exécution ou la publication. Car il faut se hâter de publier. Cui a déjà vingt-cinq ou vingt-six ans, Moussorgsky vingt et un ou vingt-deux. Il n'est plus temps d'étudier, il faut agir et se manifester.

. . . .

Cette façon de procéder de Balakirev envers ses amis-élèves était-elle rationnelle? Aucunement, à mon sens. Un élève de réel talent a besoin de si peu; il est si aisé de lui apprendre tout ce qu'il faut en harmonie et en contrepoint pour qu'il se sente d'aplomb; il est si facile de le familiariser avec les formes de la composition si l'on sait s'y prendre. Une ou deux années d'études systématiques pour développer la technique, quelques exercices de composition et d'orchestration, si l'on est bon pianiste, et l'école est terminée. Ce ne fut pas notre cas.

Balakirev faisait ce qu'il pouvait et savait; et s'il ne conduisait pas notre instruction suivant nos besoins, la cause en était dans l'incertitude de notre musique d'alors et sa nature mi-russe, mi-tatare, nerveuse, impatiente, facilement excitable et aussi vite lasse, son don hors ligne qui n'avait rencontré aucun obstacle dans son développement et ses présomptions purement russes. Ajoutez à tout cela le penchant de s'attacher passionnément à ceux qui lui étaient sympathiques et de mépriser, haïr au premier contact ceux qui ne lui avaient pas plu. Ce mélange de sentiments contraires le rendait énigmatique et le conduisit, par la suite, à des conséquences absolument imprévues et incompréhensibles.

De tous ses amis-élèves, j'étais le plus jeune: je n'avais que dix-sept ans. Ce qu'il me fallait, c'était de bons exercices de piano, d'harmonie, de contrepoint et des notions sur la forme. Balakirev aurait dû avant tout m'asseoir au piano et me faire apprendre à bien jouer. Ce lui aurait été facile, puisque je l'adorais, obéissais à ses moindres conseils. Au lieu de cela, il me jugea peu apte à faire un pianiste et ne le trouva pas d'ailleurs indispensable. Il ne pouvait pas m'enseigner l'harmonie et le contrepoint, m'expliquer la syntaxe musicale, car il ne les avait pas étudiés lui-même méthodiquement, les trouvait au surplus inutiles et, m'imposant, dès notre première rencontre, la composition d'une symphonie, il me détourna de toute étude.

Je m'étais mis à la composition de la symphonie en imitant, grâce à mes facultés d'observation, l'ouverture de Manfred et la troisième symphonie de Schumann, le Prince Holmsky et la Jota d'Aragon de Glinka, et le Roi Lear de Balakirev. Quant à l'orchestration, je puisai, à cet effet, quelques renseignements dans le traité de Berlioz et dans certaines partitions de Glinka. Je n'avais aucune notion du trombone et du cor, et je m'embrouillais entre les notes naturelles et chromatiques. Au reste, Balakirev ne connaissait lui-même ces instruments que d'après Berlioz. Les instruments à cordes m'étaient également peu connus, et je notais des legatos inexécutables. Mes notions sur l'exécution des notes et des accords redoublés étaient également très vagues et, en cas de besoin, je me fiais aveuglément aux tables de Berlioz. Mais Balakirev n'était pas plus ferré sur le jeu et les positions des instruments à corde. Je me rendais bien compte que j'ignorais pas mal de choses, mais j'étais convaincu que Balakirev savait tout, et, très habilement, il me cachait, ainsi qu'aux autres, l'insuffisance de son savoir. En revanche, il était bon praticien dans le coloris de l'orchestre et les combinaisons instrumentales, ce qui me rendait ses conseils inappréciables.

Quoi qu'il en soit, je terminais, en mai 1862, la première partie du scherzo et du finale de la symphonie, en les orchestrant tant bien que mal. Le finale a mérité l'approbation générale. Par contre, mes tentatives d'écrire l'adagio n'eurent pas de succès; il ne pouvait pas en être autrement, car composer une mélodie chantante était considéré comme une occupation répréhensible, et la crainte de tomber dans la banalité m'empêchait d'être sincère.

Durant le printemps, j'allais chaque samedi aux réceptions de Balakirev et j'attendais cette soirée comme une fête. J'ai fréquenté également César Cui, qui habitait alors sur la perspective Voskressensky, où il tenait un pensionnat pour les garçons qui se préparaient aux écoles militaires. Cui avait deux pianos sur lesquels on jouait à huit mains. Les exécuteurs étaient Balakirev, Moussorgsky, son frère, Philarète Pétrovitch, qu'on appelait je ne sais trop pourquoi Eugène Pétrovitch, César Cui et parfois Dimitri Stassov. Vassili Stassov y assistait également souvent. On jouait à huit mains le scherzo Mab et le Bal chez Capulet de Berlioz, dans la transposition de Moussorgsky, ainsi que le Cortège du Roi Lear de Balakirev, dans la transposition de l'auteur. A quatre mains, on jouait les ouvertures du Prisonnier du Caucase et du Fils du Mandarin, ainsi que des morceaux de ma symphonie, au fur et à mesure de leur achèvement.

Moussorgsky chantait en compagnie de Cui des morceaux d'Opéra de ce dernier. Moussorgsky possédait une agréable voix de baryton et il chantait dans la perfection, tandis que Cui avait la voix du compositeur. Mme Cui, sa femme, ne chantait plus à cette époque, mais elle était une cantatrice amateur avant que j'aie commencé à les fréquenter.

Au mois de mai, Balakirev partit pour les eaux du Caucase; Moussorgsky alla à la campagne, Cui aux environs de Saint-Pétersbourg. Mon frère partit en mer pour un voyage d'études, sa famille, notre mère et notre oncle allèrent passer l'été en Finlande. Je suis resté seul et, affecté au service du navire-école «Almaz» qui devait entreprendre un voyage de circumnavigation, je devais passer l'été à Cronstadt, auprès de mon navire, en train d'armer. Aussi, cet été me parut-il assez long.

Je ne saurais dire que mes camarades de l'école navale furent très cultivés. En général, durant les six ans que j'ai passés à l'École, l'esprit du temps de Nicolas Ier continuait à y régner. Cet esprit était caractérisé par des espiègleries souvent grossières, des rudesses dans les rapports entre élèves, des expressions vulgaires dans les conversations, l'attitude licencieuse envers les femmes; nul goût pour la lecture, mépris des sciences et des études de langues et, pendant la navigation estivale, abus de l'alcool. On conçoit que ce milieu fut peu favorable à l'éclosion des natures artistiques et que mon développement intellectuel n'y fut point favorisé.

Pendant mon séjour à l'École, j'ai lu Pouschkine, Lermontov, Gogol; mais c'est tout. Passant de classe en classe d'une façon satisfaisante, je commettais néanmoins de honteuses erreurs grammaticales, j'ignorais l'histoire, et mes acquisitions ne furent pas plus grandes en physique et en chimie. Seule l'étude des mathématiques et leur application à la navigation progressait passablement. En mer, je me tenais assez bien et ne craignais aucun danger. Mais au fond, je n'aimais guère la carrière de marin et n'y avais point de dispositions.

En effet, pendant mon voyage de circumnavigation, je me suis aperçu que je n'avais aucune aptitude pour donner des ordres militaires, m'emporter, jurer, parler en chef avec les subordonnés, etc. C'était, au surplus, l'époque où les châtiments corporels étaient encore en usage. J'ai dû à plusieurs reprises assister à l'exécution de matelots condamnés à recevoir de deux à trois cents coups de bâton sur leur dos nu, devant tout l'équipage rassemblé et à entendre les suppliciés crier: «Votre Honneur! Grâce!»....

Dès mon entrée à l'École, j'ai su tenir tête à mes camarades et j'ai pu obtenir le respect de ma personne. Mais vers la troisième année, mon caractère a changé dans le sens de la douceur et de la timidité, et, un jour, je n'ai pas répondu à un camarade qui m'a frappé sans raison.

Néanmoins, tout le monde m'aimait, car je ne participais à aucune querelle, tout en restant solidaire de mes camarades. Je ne craignais point les autorités de l'École, car ma conduite a toujours été correcte. Pendant la dernière année, mon frère a été nommé directeur de l'École navale; aussi m'appliquais-je davantage aux études et je les ai terminées 6e, sur 60 ou 70 élèves de ma promotion.

Balakirev fut le premier de qui j'entendis les conseils sur la nécessité des études historiques, littéraires, artistiques. Je lui en dois de la gratitude. S'étant lui-même borné à l'achèvement de ses études de lycée, il possédait néanmoins des connaissances approfondies de littérature et d'histoire russes et il m'apparaissait comme très instruit. Nos entretiens ne roulaient pas, à cette époque, sur les questions de religion, mais il me semble bien qu'il était déjà alors un sceptique absolu. En ce qui me concerne, j'étais à ce moment neutre pour ainsi dire: ni croyant, ni athée; simplement, les questions religieuses ne m'intéressaient point.

Elevé dans une famille profondément pieuse, j'étais pourtant, dès mon enfance, assez indifférent pour la prière. En faisant ma prière matin et soir et en fréquentant l'église, je n'avais en vue que d'obéir à la volonté de mes parents. Chose étrange, en priant j'ai risqué parfois des paroles sacrilèges, comme pour éprouver Dieu et afin de savoir s'il m'en punira ou non. Comme il ne m'en punissait pas, le doute naissait dans mon cœur; parfois, le remords me tenaillait; mais, autant que je me souviens, je n'en souffrais point trop.

Pendant les deux dernières années passées à l'École navale, deux de mes camarades m'assurèrent que Dieu n'existait pas et que «tout cela ne sont que des inventions». L'un d'eux me disait qu'il avait lu la «Philosophie de Voltaire». Je me suis aisément rangé à l'avis que «Dieu n'existait pas et que tout cela ne sont que des inventions». Au fond, cette pensée m'inquiétait peu et je ne songeais nullement à ces graves questions; seulement, ma religiosité, déjà faible, disparut entièrement, et je n'en n'éprouvais aucune soif spirituelle.

Je me souviens que, gamin de douze ans, je n'étais pas exempt d'esprit libre et que je harcelais ma mère de questions sur le libre arbitre. Je lui faisais remarquer que s'il est vrai que tout se passe sur la terre selon la volonté de Dieu et que toutes les manifestations vitales dépendent de lui, l'homme doit quand même être maître de ses actes et que, par suite, la volonté de Dieu ne doit point intervenir; car comment pourrait-il laisser l'un de nous commettre de mauvaises actions et l'en punir ensuite? Sans doute, je m'exprimais en termes plus enfantins, mais la pensée en était la même, et ma mère était assez embarrassée pour me répondre.

BORODINE ET MOUSSORGSKY, EXÉCUTION DE MA PREMIÈRE ŒUVRE

(1865-1867)

EN septembre 1865, après le désarmement du navire-école Almaz[6] on m'affecta à la partie de la flotte stationnée à Saint-Pétersbourg, et je repris ma vie dans la capitale.

Mon frère avec sa famille et ma mère retournèrent à Saint-Pétersbourg à la fin des vacances, puis rentrèrent également Cui, Balakirev et Moussorgsky. Je repris mes visites chez Balakirev et me replongeai dans la vie musicale. Durant mon voyage, bien de l'eau avait coulé sous les ponts, et nombre d'événements s'étaient passés dans le monde musical. L'École Gratuite de Musique était fondée; Balakirev dirigeait ses concerts. Judith fut représentée au Théâtre Marie, et son auteur, Serov, s'affirma comme compositeur. Richard Wagner, invité par la Société philharmonique, était venu à Pétersbourg et avait fait connaître au monde musical ses œuvres dans la parfaite exécution de l'orchestre qu'il dirigeait personnellement. C'est de cette époque, qu'à son exemple, les chefs d'orchestre prirent l'habitude de conduire le dos au public et face à l'orchestre.

Dès mes premières visites chez Balakirev, j'entendis parler de l'apparition d'un nouveau membre qui promettait beaucoup, c'était A.-P. Borodine.

Lors de ma première venue dans la capitale, il n'était pas encore rentré après les vacances d'été. Balakirev m'avait joué de lui des fragments de la première partie de la symphonie en «mi bém. maj.» qui m'avait plutôt surpris que plu. Lorsque je fis connaissance de son auteur,—Borodine,—il produisit une excellente impression sur moi et depuis commença notre amitié, bien qu'il fut de dix ans plus âgé que moi. Je fus également présenté à sa femme. Borodine était déjà professeur de chimie à l'École de Médecine et habitait le bâtiment même de l'École où il resta, jusqu'à sa mort, dans le même appartement. Ma symphonie, jouée à quatre mains par Balakirev et Moussorgsky, lui plut. Quant à sa symphonie en «mi bém. maj.», sa première partie n'était pas encore achevée et il avait déjà ébauché les autres parties qu'il avait composées pendant l'été à l'étranger. Je fus enthousiasmé par ces fragments, ayant mieux compris également la première partie qui m'avait simplement surpris, lorsque je l'avais entendue pour la première fois.

Je devins un assidu de Borodine et passais même souvent chez lui la nuit. Nous parlions tout le temps musique, il me jouait ses projets et me montrait ses ébauches de symphonie. Il était plus au courant que moi de la pratique de l'orchestration, car il jouait du violoncelle, du hautbois et de la flûte.

C'était un homme cordial au plus haut degré, fort instruit, de relations agréables et causeur plein d'esprit. Le plus souvent, je le trouvais à son laboratoire, situé à proximité de son appartement, en train de faire passer quelque gaz incolore d'une cornue à une autre. «Il transvase du vide dans du vide,» disais-je. Les expériences terminées, nous allions dans son appartement où commençait l'action musicale, les entretiens prolongés que par moment il interrompait pour courir au laboratoire voir si rien n'était brûlé ou trop cuit, tout en faisant retentir par les corridors des sixquintes extravagantes. Il revenait et nous continuions notre musique ou notre conversation.

Mme Borodine était une femme instruite, charmante, bonne pianiste et qui vénérait le talent de son mari...

. . . .

Je fréquentais également Cui. Nous nous réunissions à tour de rôle chez l'un des membres de notre compagnie musicale: Balakirev, Cui, Moussorgsky, Borodine, Vassili Stassov et autres et nous jouions souvent à quatre mains...

Cui avait déjà commencé à cette époque sa carrière de critique musical dans le Journal de Saint-Pétersbourg; aussi, outre le plaisir que me procuraient ses œuvres musicales, il m'inspirait du respect comme critique. Contrairement à Balakirev et à Cui, que je considérais comme des maîtres, je ne voyais en Moussorgsky et Borodine que des camarades. Les compositions de Borodine n'avaient pas encore été exécutées, son premier travail important, la symphonie en «mi bém. maj.», étant à peine encore commencé; il était aussi inexpérimenté que moi en orchestration, bien qu'il connût mieux les instruments. Quant à Moussorgsky, quoiqu'il fût un excellent pianiste et chanteur, et que ses deux petites pièces—le scherzo en «si bém. maj.» et le chœur d'Œdipe—eussent déjà été exécutées publiquement sous la direction d'Antoine Rubinstein, il n'était pas moins ignorant en orchestration, car ses pièces avaient passé par les mains de Balakirev. D'autre part, il n'était pas un musicien de profession et ne consacrait à la musique que les moments de loisir que lui laissaient ses occupations de bureau. Il est à noter du reste que Balakirev et Cui, qui aimaient sincèrement Moussorgsky, le traitaient en protecteurs, ne fondant pas grand espoir sur son talent. Il leur semblait qu'il lui manquait quelque chose et qu'il avait particulièrement besoin de conseils et de contrôle. «Il n'a pas de tête», «il a la cervelle faible», dit plus d'une fois Balakirev en parlant de lui.

Entre Balakirev et Cui les relations étaient autres; le premier estimait que celui-ci comprenait peu la symphonie et la forme et rien du tout dans l'orchestration. En revanche, il le considérait comme un vrai maître dans la partie vocale et lyrique. De son côté, Cui jugeait Balakirev comme un maître de la symphonie, de la forme et de l'orchestration, mais mal préparé pour l'opéra et la composition vocale en général. Ils se complétaient donc, mais se sentaient chacun dans sa partie comme des maîtres accomplis. Par contre, Borodine, Moussorgsky et moi, nous étions traités en jeunes et inexpérimentés. De même, notre attitude envers Balakirev et Cui était soumise; leurs avis étaient écoutés, acceptés et réalisés par nous sans la moindre hésitation[7].

. . . .

Après des répétitions qui se passèrent sans incidents et pendant lesquelles les musiciens regardaient avec curiosité mon uniforme de marin, le concert eut lieu. Son programme se composait du Requiem de Mozart et de ma symphonie. Celle-ci passa bien. Je fus rappelé à plusieurs reprises et ma tenue d'officier n'a pas moins étonné le public. Un grand nombre de spectateurs vinrent me féliciter. J'étais très heureux, cela va sans dire. Je dois ajouter qu'avant le concert je ne ressentis aucune émotion et que je conservai cette impassibilité d'auteur pendant le reste de ma carrière. La presse, autant que je m'en souvienne, me fut favorable, bien que pas tout entière. Cui écrivit dans le Journal de Saint-Pétersbourg un article des plus sympathiques, en m'attribuant l'honneur d'avoir écrit la première symphonie russe; (Rubinstein ne comptait pas) et je le crus...

En décembre 1866, j'ai composé ma première romance, sur les paroles de Heine: «A ma joue applique ta joue.» A quel propos l'idée m'en était-elle venue? je ne m'en souviens plus; c'est par désir sans doute d'imiter Balakirev dont les romances m'enchantaient. Balakirev en fut assez satisfait; mais, trouvant l'accompagnement de piano insuffisant, ce qui était tout naturel chez moi qui n'étais pas pianiste, il le récrivit entièrement. C'est avec cet accompagnement que ma romance fut publiée par la suite.

L'AMITIÉ DE MOUSSORGSKY

(1866-1867)
DURANT la saison 1866-1867, je me suis lié davantage avec Moussorgsky. Il vivait avec son frère marié et je venais souvent le voir. Il me jouait des fragments de Salammbo qui m'enthousiasmaient; puis sa Nuit d'Ivan, fantaisie pour piano avec orchestre, entreprise sous l'influence de la Danse Macabre (de Liszt). Par la suite, la musique de cette fantaisie, après avoir subi plusieurs métamorphoses, servit à la musique de la Nuit sur le Mont-Chauve.

Il me jouait aussi ses jolis chœurs juifs: La défaite de Sena-Herib et Jésus Navin. La musique de ce dernier était empruntée à la musique de Salammbo. Son thème avait été entendu par Moussorgsky chez des Juifs habitant la même maison que lui. Il me fit également entendre ses romances qui n'avaient pas eu de succès près de Cui et Balakirev, notamment Kalistrate, ainsi que la jolie fantaisie sur les paroles de Pouchkine: la Nuit. Kalistrate annonçait déjà ses tendances réalistes qu'il adopta plus tard; quant à la Nuit, cette romance manifestait l'aspect idéaliste de son talent que, par la suite, il désavoua, mais qui se montrait à l'occasion. Il en a accumulé une réserve dans Salammbo et les chœurs juifs, au temps où il ne pensait pas au moujik. Je remarquai aussi que la plus grande part de son style idéaliste, par exemple l'arioso du tsar Boris, les phrases de l'imposteur devant la fontaine, le chœur des boyards, la mort de Boris, etc., a été prise par lui dans Salammbo. Son style idéaliste manquait de fini cristallin et de forme élégante; il en manquait parce que Moussorgsky n'avait aucune connaissance de l'harmonie et du contrepoint. Le groupe de Balakirev ridiculisa au début ces sciences inutiles, puis les déclara inaccessibles pour Moussorgsky; c'est ainsi qu'il vécut sans elles et, pour s'en consoler, il se faisait gloire de cette ignorance et traitait la technique des autres de routine et de conservatisme.

Mais quelle joie il manifestait dès qu'il réussissait à écrire une belle phrase musicale régulièrement développée! J'en fus plus d'une fois témoin.

Pendant mes visites chez Moussorgsky, nous causions en toute liberté, en dehors du contrôle de Balakirev ou de Cui. Je montrais toute ma joie quand il me jouait ses productions; lui en était heureux et me confiait tous ses projets. Il en avait plus que moi. L'un de ses projets était Sadko, mais il l'avait abandonné depuis longtemps et me le proposa. Balakirev approuva et je me mis à l'œuvre.

C'est à cette même époque que se rapporte la connaissance que fit notre groupe de Tchaïkovsky.

Après l'achèvement de ses études au Conservatoire de Saint-Pétersbourg, Tchaïkovsky fut nommé professeur au Conservatoire de Moscou, et alla habiter la vieille capitale. La seule chose que notre groupe savait de lui était la symphonie en «sol min.» dont les deux parties moyennes avaient été exécutées au concert de la Société russe de Musique. L'opinion qu'avait notre groupe de lui n'était pas très flatteuse, puisqu'il était un produit du Conservatoire, et son absence de Saint-Pétersbourg empêcha des relations directes.

Je ne me souviens plus à quel propos, mais à l'un de ses passages dans la capitale, Tchaïkovsky apparut à l'une des réceptions de Balakirev et on lia connaissance. Il se trouva être un charmant causeur, homme sympathique, simple et de relations cordiales. Sur l'insistance de Balakirev, il nous joua dès la première soirée la première partie de sa symphonie en «sol min.» qui nous plut beaucoup, et notre ancienne opinion se modifia en une plus sympathique, bien que son éducation «conservatoire» dressât toujours une barrière entre lui et nous.

Cette fois-ci, le séjour de Tchaïkovsky à Saint-Pétersbourg fut peu prolongé; mais les années suivantes, à chacune de ses venues, il paraissait chez Balakirev, et je m'y rencontrais avec lui. Pendant un de ces passages, Vassili Stassov, comme nous tous d'ailleurs, fut enthousiasmé par le thème mélodieux de son ouverture Roméo et Juliette, ce qui suggéra à Stassov de lui recommander la Tempête de Shakespeare comme sujet pour un poème symphonique.

BERLIOZ À SAINT-PÉTERSBOURG

(1867-1868)
LA saison de 1867-1868 fut très animée à Saint-Pétersbourg. La direction des concerts de la Société russe de Musique avait été confiée à Balakirev et, sur les instances de celui-ci on invita Hector Berlioz lui-même à venir donner ses concerts dans la capitale russe. Balakirev et Berlioz dirigèrent alternativement les concerts, et le compositeur français apparut la première fois au pupitre le 28 novembre.

Dans le programme de Balakirev, figurait entre autres l'introduction de Rousslan, le chœur du Prophète, l'ouverture du Faust de Wagner (la seule pièce de cet auteur appréciée dans notre groupe), l'ouverture tchèque de Balakirev, ma fantaisie serbe et enfin mon Sadko. Sadko passa avec succès; l'orchestration satisfit tout le monde et je fus rappelé à plusieurs reprises.

Hector Berlioz, lorsqu'il vint chez nous, était déjà un vieillard et, bien que vaillant durant le concert, était en butte à des maux fréquents, ce qui le rendait indifférent à la musique et aux musiciens russes. Il passait la plupart du temps étendu sur sa couchette, ne voyant que Balakirev et les directeurs des concerts.

Pourtant, un jour, on lui fit entendre la Vie pour le Tsar au Théâtre Marie, mais il ne resta même pas jusqu'à la fin du second acte. Une autre fois, la direction offrit un dîner où Berlioz fut bien forcé d'assister.

Je crois que ce n'est pas son état maladif seul, mais aussi l'orgueil du génie et l'isolement qui s'en suit qui expliquent la complète indifférence de Berlioz pour la vie musicale russe. Au reste, la reconnaissance d'une certaine valeur à la musique russe par les célébrités étrangères se faisait et se fait encore d'un air de protection. Il ne pouvait donc être question de présenter Moussorgsky, Borodine et moi à Berlioz. Était-ce parce que Balakirev se sentait gêné de le demander à Berlioz en raison de l'indifférence qu'il avait montrée, ou bien le compositeur français avait-il lui-même demandé de lui éviter cette connaissance des «espoirs russes»? En tout cas, nous ne demandâmes rien à Balakirev.

Pendant ses six concerts, Berlioz fit exécuter sa fantaisie Harold, un épisode de la Vie d'un artiste, plusieurs de ses ouvertures, des fragments de Roméo et Juliette et de Faust, ainsi que de petites pièces; puis, la 3e, 4e 5e et 6e symphonie de Beethoven et des fragments des opéras de Gluck. En un mot Beethoven, Gluck et «lui». On doit toutefois y ajouter les ouvertures du Tireur magique et d'Oberon de Weber. Il va sans dire que Mendelssohnn, Schubert et Schumann étaient exclus, et plus encore Liszt et Wagner.

L'exécution fut magnifique: l'ascendant de la célébrité agissait sur l'orchestre russe. Les gestes de Berlioz étaient simples, clairs et beaux. Aucune recherche dans les nuances. Néanmoins,—et je répète ce que m'a dit Balakirev—à la répétition de l'une de ses propres pièces, Berlioz perdit la mesure et se mit à diriger 3 au lieu de 2 ou vice versa. L'orchestre, évitant de le regarder, continua de jouer juste et tout se passa sans incident. En somme, Berlioz, illustre chef d'orchestre de son temps, était venu chez nous déjà accablé par les ans et les maladies et avec des facultés amoindries. Le public ne s'en aperçut pas et l'orchestre le lui pardonna...

. . . .

Je ne me souviens pas exactement si c'est au printemps ou à l'automne 1868 que fut donné pour la première fois au Théâtre Marie le Lohengrin de Wagner. Balakirev, Cui, Moussorgsky et moi, nous occupions une loge avec Dargomijsky. Nous avons exprimé à Lohengrin tout notre mépris. Dargomijsky, en particulier, fut intarissable de railleries et de traits empoisonnés. Or, à ce moment, la moitié des Nibelungen était déjà écrite, les Maîtres Chanteurs achevés, cet opéra où Wagner frayait à l'art, d'une main habile et expérimentée, une voie qui menait bien plus loin que celle où nous étions engagés, nous, l'avant-garde russe.

C'est pendant cette saison également que Boris Godounov fut présenté par Moussorgsky à la direction des théâtres impériaux. Le comité de réception était composé alors de Napravnik, le chef d'orchestre de l'opéra, de Mangean, chef de l'orchestre du drame français, de Betz, chef de l'orchestre du drame allemand, et de la contrebasse Giovanni Ferrero. Il fut blackboulé.

La nouveauté et le caractère particulier de la musique ébahirent l'honorable comité. Il reprochait au surplus à l'auteur l'absence d'un rôle de femme plus ou moins important. En effet, dans cette première version, l'acte des Polonais n'existait pas, ni le personnage de Marina, par suite. Certains critiques du comité étaient tout simplement ridicules. Ainsi les contrebasses, jouant par tierces chromatiques dans l'accompagnement du deuxième chant de Varlaam, ont fortement surpris la contrebasse Ferrero, et il n'a pu pardonner à l'auteur ce procédé.

Moussorgsky, chagriné et froissé, reprit sa partition. Mais réflexion faite, il résolut de la reviser entièrement et d'y faire des additions. Il imagina l'acte des Polonais en deux tableaux, ainsi qu'un autre tableau; la scène où il est raconté que l'anathème a été prononcé contre l'imposteur fut supprimée, et l'Innocent, qui apparaît dans cette scène, fut transporté dans une autre. Moussorgsky s'était mis à ce travail dans le but de présenter de nouveau son Boris à la direction des théâtres impériaux.

MA NOMINATION COMME PROFESSEUR AU CONSERVATOIRE

(1871).

L'ÉTÉ de 1871 fut marqué par un événement important dans ma vie musicale. Un beau jour, Azantchevsky, le nouveau directeur du Conservatoire de Saint-Pétersbourg, vint me trouver et, à mon extrême étonnement, me proposa le poste de professeur de composition pratique et d'instrumentation, ainsi que de directeur de la classe d'orchestre. Évidemment, l'idée d'Azantchevsky avait été de renouveler l'eau devenue stagnante sous son prédécesseur dans l'enseignement de ces matières en le confiant à un jeune. L'exécution de mon Sadko, à l'un des concerts de la Société russe de Musique pendant la saison précédente, avait sans doute pour but de nouer des relations avec moi et de préparer l'opinion publique à ma nomination au Conservatoire.

Conscient de mon manque absolu de préparation au poste qu'on m'offrait, je ne donnai pas de réponse décisive à Azantchevsky et le priai de me laisser réfléchir. Mes amis me conseillèrent d'accepter. Balakirev, qui seul se rendait compte de mon manque de préparation, m'engagea également à accepter, dans le but d'introduire un des siens dans la place ennemie qu'était pour lui le Conservatoire. Finalement, l'insistance de mes amis et ma propre illusion triomphèrent et j'acceptai la proposition qui m'avait été faite. Je devais à l'automne entrer en fonctions sans quitter pour l'instant ma carrière de marin.

Si j'avais seulement commencé à étudier, si j'avais su un peu plus que je ne savais, j'aurais nettement vu que je ne pouvais et n'avais pas le droit d'assumer cette charge, que c'était de ma part aussi stupide que déloyal. Mais, auteur de Sadko, d'Antar et de la Pskovitaine, œuvres qui se tenaient

31

et ne sonnaient pas mal, étaient approuvées par le public et par nombre de musiciens,—je n'étais qu'un dilettante et je ne savais rien. Je le confesse ouvertement et je l'affirme devant tous.

J'étais jeune, confiant en moi, et cette confiance était encouragée: j'acceptai donc le poste de professeur. Or, non seulement j'étais incapable alors d'harmoniser convenablement un choral, je n'avais jamais écrit un seul contrepoint, avais les notions les plus vagues sur la construction de la fugue, mais je ne connaissais même pas le nom qu'on donnait aux intervalles augmentés et diminués, ni aux accords, sauf à la dominante, bien que je pusse solfier n'importe quel morceau à première lecture et déchiffrer tous les accords. Dans mes compositions, je recherchais le moyen de conduire correctement les parties et j'y parvenais instinctivement et par l'ouïe; c'est également l'instinct qui me guidait dans l'orthographe. Mes notions sur les formes musicales étaient également vagues, surtout dans les formes du rondeau. Moi qui instrumentais mes compositions avec une couleur suffisante, je ne possédais pas les connaissances voulues pour la technique des instruments à cordes et pour l'emploi du cor, de la trompette et du trombone. Il va sans dire que, n'ayant jamais dirigé un orchestre ni même étudié un seul chœur, je n'en possédais pas la moindre notion. C'est un musicien si bien renseigné qu'Azantchevsky eut l'idée d'appeler au professorat et c'est ce musicien qui n'a pas cru devoir décliner l'offre.

On objectera, peut-être, que tout le savoir qui me manquait était inutile à un compositeur qui avait écrit Sadko et Antar et que le fait même de l'existence de ces œuvres prouvait l'inutilité de cette science.

Certes, il importe davantage d'entendre et de deviner l'intervalle et l'accord que de savoir comment l'un et l'autre s'appellent; au besoin, on peut apprendre ces termes en un jour. Certes, il importe davantage d'instrumenter avec couleur que de connaître les instruments, comme les connaissent les chefs des fanfares militaires et qui instrumentent par routine. Certes, il est plus intéressant de composer un Antar ou un Sadko que de savoir harmoniser un choral protestant ou d'écrire des contrepoints à quatre voix, nécessaires évidemment aux seuls organistes. Mais il est tout de même honteux de ne pas connaître de pareilles choses et de les apprendre par ses élèves. Au reste, le manque de la technique harmonique a déterminé, bientôt après la composition de la Pskovitaine, l'arrêt de mon inspiration qui avait pour base toujours les mêmes procédés usés, et seuls les développements de la technique que je me mis à étudier ont rendu possible le renouvellement de ma force créatrice par un courant frais et redonné de l'essor à mon activité ultérieure.

Quoi qu'il en soit, je n'avais pas le droit de professer à des élèves qui se destinaient à diverses branches de l'art musical: compositeur, chef d'orchestre, organiste, professeur, etc.

Mais le pas était fait. Ayant assumé la charge, je dus feindre de tout savoir, de tout connaître.

Pour donner le change à mes élèves, je recourais à des remarques générales, aidé en cela par un goût personnel, le don de la forme, celui du coloris orchestral, et pendant ce temps, je me renseignais adroitement auprès de mes élèves. Mais c'est dans la classe d'orchestre que je devais faire preuve de toute la maîtrise dont j'étais capable. J'étais servi par cette circonstance, il est vrai, qu'aucun de mes élèves ne pouvait au début s'imaginer que je ne connusse rien; et au moment où ils auraient pu me pénétrer, j'avais déjà eu le temps d'apprendre quelque chose.

Qu'en est-il résulté finalement? C'est que mes premiers élèves qui terminaient le Conservatoire étaient entièrement les élèves de mon prédécesseur et qu'ils n'avaient rien appris par moi.....

Ayant étudié à partir de 1874 l'harmonie et le contrepoint, m'étant familiarisé assez bien avec les instruments, je finis par acquérir une bonne technique, ce qui me fut très utile dans ma composition et je pus, d'autre part, être réellement utile à mes élèves. Les générations suivantes des élèves qui passaient dans ma classe de celle de Johansen et ceux qui commencèrent leurs études directement chez moi étaient vraiment mes élèves, et ils ne le nieront probablement pas.

En somme, ayant été nommé sans l'avoir mérité professeur au Conservatoire de musique, j'étais devenu bientôt l'un de ses meilleurs élèves,—peut-être même le meilleur,—par la quantité et la valeur des connaissances qu'il m'avait données.

Lorsque vingt-cinq ans après mon entrée au Conservatoire, mes collègues et la direction de la Société russe de Musique ont bien voulu me féliciter de mon jubilé, c'est cette même pensée que j'ai exprimée en réponse au discours de Cui.

LA PSKOVITAINE ET LA CENSURE

(1872-1873).

AU mois de décembre 1871, Nadejda Nicolaevna Pourhold est devenue ma fiancée. Le mariage devait avoir lieu en été à Pargolovo. Il va sans dire que mes visites dans la famille, assez fréquentes jusqu'alors, le sont devenues encore plus; je passais presque toutes mes soirées avec ma fiancée.

Mes travaux marchaient toutefois comme à l'ordinaire. La composition de l'ouverture de la Pskovitaine avançait, et sa partition fut terminée au mois de janvier 1872.

Je présentai mon livret à la censure dramatique. Le censeur insista beaucoup, pour que j'adoucisse le texte de la scène du Vetché[8]. Il a fallu me soumettre.

On m'a expliqué, à la censure, que tous les changements devaient tendre à supprimer du livre toute allusion au régime républicain de Pskov. Il a fallu aussi modifier le 2e acte, c'est-à-dire transformer la scène du Vetché en une révolte soudaine du peuple.

Afin de bien comprendre le sujet, Friedberg[9] m'invita un soir chez lui avec Moussorgsky, et nous pria de lui jouer et de lui chanter le 2e acte, qui du reste lui plut énormément. Mais un obstacle subsistait: il y avait une ordonnance de l'empereur Nicolas, autorisant à faire figurer sur la scène les personnages couronnés de l'ancienne dynastie, avant l'avènement de la dynastie des Romanov, dans les drames et les tragédies, mais non dans les opéras. Lorsque j'en demandai le motif on me répondit: «Parce que ce serait peu convenable de voir un tsar lancer une chansonnette.»

Bref, l'ordre impérial existait, et on ne pouvait l'enfreindre. Il m'a fallu agir par des voies détournées.

Durant la décade des années 1870, N.-K Krabbé était ministre de la Marine. Homme de cour, volontaire, mauvais marin, parvenu à ses fonctions de ministre, parce qu'ancien aide de camp du tsar, grand amateur de musique, de théâtre et plus encore de jolies actrices, il n'était pourtant pas méchant. Feu mon frère Voïne Andreïevitch, excellent marin, homme droit et impartial, était toujours à couteau tiré avec le ministre de la Marine dans tous les conseils, réunions et commissions où tous deux ils siégeaient. Dans les questions navales qu'on soulevait au ministère, leurs avis étaient toujours opposés, et Voïne Andreïevitch défendait avec ardeur ses opinions, en contrecarrant les propositions de Krabbé, lequel n'avait en vue que d'être agréable aux puissants du jour. Quoi qu'il en soit, ils furent constamment en guerre.

A la mort de mon frère, les sentiments d'estime que ne pouvait pas ne pas ressentir à son égard son adversaire, purent se manifester librement. Il fit son possible pour assurer l'avenir de la famille de mon frère et de sa vieille mère. Ce sentiment s'est étendu jusqu'à moi, et je suis devenu son favori. Il m'engagea à aller le voir, se montra affectueux et aimable, et m'invita à m'adresser directement à lui dans toutes les circonstances difficiles.

Les difficultés qu'avait soulevées la censure à propos de la Pskovitaine me suggérèrent l'idée de solliciter son intervention. Il se montra tout disposé à me donner son appui, et s'adressa à cet effet au grand-duc Constantin[10], afin d'obtenir l'abrogation de la vieille ordonnance impériale interdisant la figuration dans les opéras des souverains de l'ancienne dynastie.

Le grand-duc intervint volontiers et, peu après, la censure m'informa de la permission que je recevais de faire figurer le tsar Ivan dans mon opéra, à la seule condition de modifier la scène du Vetché.

En même temps, mon opéra était reçu par le théâtre impérial dont la direction, après le départ de Guedeonov et de Fedorov, fut confiée à Loukaschevitch qui était bien disposé envers notre groupe. Quant à la direction supérieure, mais non officielle, des théâtres, elle était assurée par le contrôleur du ministère de la cour, baron Kister.

Il n'y avait pas de directeur en titre. Napravnik[11], qui visiblement n'était pas bien disposé à l'égard de mon opéra, fut obligé de céder à l'influence de Loukaschevitch, et mon œuvre fut reçue pour être représentée au cours de la saison suivante. Il est certain en tout cas que la réception de mon opéra sur la scène du théâtre Marie fut facilitée par l'intervention du grand-duc auprès de la censure. Je suppose que la direction théâtrale s'est dit: Puisque le grand-duc s'intéresse à l'opéra de Rimsky-Korsakov, il est impossible de ne pas le recevoir.

Napravnick a pris connaissance de la Pskovitaine un soir, chez Loukaschevitch, qui me convia, ainsi que Moussorgsky. Celui-ci, qui rendait toutes les voix à la perfection, m'a aidé à faire valoir mon opéra devant l'assistance. Napravnik n'a pas exprimé son opinion quant à l'œuvre elle-même, mais a fait l'éloge de la netteté de notre exécution.

En général, l'exécution de la Pskovitaine avec l'accompagnement au piano chez Krabbé et plusieurs fois chez les Pourhold, avait lieu de la façon suivante: Moussorgsky chantait Ivan le Terrible, Tokmakov et d'autres rôles masculins, suivant les besoins, un jeune médecin Vassiliev (ténor) exécutait Matouta et Toutcha; Mlle A. N. Pourhold[12] chantait Olga et la nourrice; ma fiancée tenait le piano, et moi, suivant le cas, j'exécutais les voix qui manquaient et jouais à quatre mains avec Nadia, lorsque deux mains étaient insuffisantes. C'est également ma fiancée qui a transposé la Pskovitaine pour piano.

Grâce à cet excellent ensemble, l'exécution était parfaite, claire, chaude, et stylisée; un nombre assez considérable d'auditeurs, très intéressés, y assistaient chaque fois.

. . . .

Les répétitions de la Pskovitaine commencèrent par les chœurs. J'y assistais et accompagnais moi-même les chœurs et ensuite les solistes. Pétrov chantait le tsar Ivan; Platonova, Olga; Léonova, le rôle de la nourrice; Orlov, Michel Toutcha; Melnikov, le prince Tokmakov. Les professeurs du chœur Pomasansky et Azeïev ont beaucoup admiré l'opéra. Napravnik était froid, n'exprimait pas son opinion, mais ne pouvait dissimuler sa désapprobation. Les artistes étaient consciencieux et aimables. Pétrov n'était pas tout à fait content, se plaignait de la longueur et des défauts de la mise en scène, défauts auxquels il était difficile de remédier par le jeu. Il avait raison sous beaucoup de rapports; mais l'enthousiasme de ma jeunesse ne voulait rien savoir et je m'opposais à toute coupure, ce qui, visiblement, irritait aussi Napravnik.

Après les accords préliminaires des chœurs et des soli, commencèrent les répétitions de l'orchestre. Napravnik était à la hauteur de sa tâche, devinant les fautes des copistes et mes propres lapsus; néanmoins, il m'irritait parce qu'il faisait des pauses dans les récitatifs. C'est dans la suite seulement que j'ai compris combien il avait raison et que mes récitatifs étaient écrits d'une façon peu commode pour une déclamation libre et naturelle, parce qu'ils étaient alourdis par toutes sortes de figures orchestrales. Il a fallu alléger également la musique dans l'attaque de Matouta contre Toutcha et Olga, en modifiant quelques figures orchestrales. Il en fut de même dans la scène de l'arrivée de Matouta chez le tsar. Le flûtiste Klosé, en soufflant la longue figure legato sans pause, dut enfin s'arrêter, parce que le souffle lui manqua. J'ai dû, par suite, y placer des pauses, pour qu'il puisse prendre haleine. Sauf ces petits défauts, tout le reste marchait bien.

Enfin les répétitions de scène commencèrent. Les régisseurs Kondratiev et Morozov ont beaucoup contribué à la mise en scène du tableau du Vetché. Ils ont revêtu le costume des figurants, ont participé personnellement aux mouvements des masses, autant aux répétitions qu'aux premières représentations de l'opéra.

La première représentation eut lieu le Ier janvier 1873. Les artistes donnèrent toute leur mesure et l'exécution fut bonne. Orlov chantait excellemment dans la scène du Vetché en lançant avec grand effet les chants des libertaires. Non moins excellents se montrèrent Petrov, Léonova et Platonov, ainsi que les chœurs et l'orchestre. L'opéra plut, en particulier le deuxième acte: le tableau du Vetché. On me rappela plusieurs fois.

Durant cette saison, la Pskovitaine eut dix représentations, toujours avec un grand succès et la salle comble. J'étais content, bien que je fusse assez malmené dans les journaux; seul, parmi les critiques, Cui faisait exception. Soloviev, entre autres, trouvant dans la partition du piano de la Pskovitaine de nombreuses fautes d'impression et voulant sans doute faire allusion à mon professorat au Conservatoire, me conseillait avec fiel «de prendre des leçons.» Rappoport écrivait que je connaissais «à fond les mystères de l'harmonie» (à cette époque je ne les avais pas étudiés du tout) et faisait suivre cette appréciation de tant de mais, qu'il ne restait rien de mon opéra. Théophile Tolstoï, Laroche et Famintzine ne m'ont pas flatté non plus. Le dernier soulignait surtout la dédicace de mon opéra à mon «cher cercle musical» en l'accompagnant de toutes sortes d'insinuations. Par contre, le souffle de liberté dont j'avais animé les Pskovitains alla au cœur de la jeunesse studieuse, et les étudiants en médecine hurlaient à tue-tête dans les couloirs de leur école le chant des libertaires.

MOUSSORGSKY

(1874)

DEPUIS la représentation de Boris Godounov, les visites de Moussorgsky parmi nous se faisaient de plus en plus rares, et son caractère changeait visiblement; il se montrait mystérieux et même orgueilleux. Son amour-propre s'accrut plus encore et sa façon obscure de s'exprimer prit des proportions extraordinaires. Il fut souvent impossible de comprendre quelque chose de ses récits, de ses raisonnements et de ses saillies prétendant à des traits d'esprit. C'est vers cette époque qu'il commença à devenir un habitué du Maly Yaroslavetz et autres restaurants. Seul, ou en compagnie de nouveaux amis, il y demeurait jusqu'au matin en buvant du cognac. En dînant chez nous, ou dans d'autres familles, il refusait presque toujours de boire du vin, mais après, dans la nuit, il allait au Maly Yaroslavetz.

Plus tard, l'un de ses compagnons d'alors, un certain V., me racontait que leur compagnie avait adopté un mot spécial: «se cognacquer», et qu'elle le réalisait dans toute la force du terme.

La chute progressive du grand talent de l'auteur de Boris a commencé depuis la représentation de cet opéra. Les lueurs de sa puissante création continuèrent à se manifester encore assez longtemps, mais la logique de son esprit s'obscurcit peu à peu. Ayant pris sa retraite de fonctionnaire et étant devenu compositeur de profession, Moussorgsky perdit sa facilité de création, écrivit plus lentement, sans suite et entreprenant plusieurs choses à la fois. Peu après, il songea à un autre opéra, un opéra-comique: La Foire de Sorotchinetz, d'après Gogol. Son travail de composition était plutôt étrange. Le scenario et le texte du premier et du dernier acte manquaient; il n'y avait que des brouillons inachevés dont certains caractérisaient la musique. La scène du marché était inspirée par la musique de Mlada; étaient

39

nouvellement composés et écrits les chants de Parassia et de Khivra, ainsi que la scène de déclamation entre Khivra et Athanasi Ivanovitch. Mais entre le deuxième et le troisième acte, on ne sait trop pourquoi, se trouvait un projet d'un intermezzo fantastique: Le Songe du jeune gars, dont la musique était prise dans la Nuit de la Montagne Pelée et aussi dans La Nuit d'Ivan[14].

Cette musique avait servi, avec quelques modifications pour la scène de Tchernobog, dans Mlada. Cette fois, la scène, avec l'adjonction du tableautin du lever de l'aurore, devait comprendre l'intermezzo projeté et devait être introduite malgré tout dans la Foire de Sorotchinetz.

Je me souviens encore de cette musique que nous jouait Moussorgsky et de la pédale d'une longueur inouïe sur la note de ce que Stassov[15] s'était chargé d'exécuter, et dont il était ravi. Quand, plus tard, Moussorgsky écrivit l'intermezzo sous forme d'une ébauche de piano avec chants, il supprima cette interminable pédale, au grand chagrin de Stassov. Et cette pédale n'a jamais été rétablie par suite de la mort de l'auteur.

Les phrases de mélodies, qui venaient à la fin de cet intermezzo comme un murmure de chants lointains, servaient à caractériser les jeunes gars qui rêvaient, et elles revenaient comme un leitmotiv dans tout l'opéra.

Le langage démoniaque du livret de Mlada devait également servir de texte à cet intermezzo.

Le prélude orchestral d'une Chaude journée en Ukraine précédait l'opéra La Foire de Sorotchinetz. Ce prélude avait été composé et orchestré par Moussorgsky lui-même et sa partition se trouve encore chez moi[16]. La composition de Khovantchina et de la Foire de Sorotchinetz traîna plusieurs années, et la mort de l'auteur, survenue le 16 mars 1881, l'a empêché de terminer les deux opéras.

Quelle fut la cause de la chute morale et intellectuelle de Moussorgsky? A un certain point de vue, elle a été déterminée par le succès de Boris, succès qui a fait croître l'orgueil et la vanité de l'auteur, et ensuite, par ses malchances: on a commencé par raccourcir l'opéra en supprimant l'admirable scène Sous le Krom; deux ans après, Dieu sait pourquoi, on a complètement cessé de le jouer, malgré le succès constant de son interprétation par Pétrov, et, à sa mort, par Stravinsky, par Platonova et Komissarjevsky, interprétation si parfaite.

On disait que l'opéra ne plaisait pas à la famille impériale, on répandait le bruit que son sujet n'était pas agréable à la censure, et finalement on l'a retiré du répertoire.

D'une part, l'enthousiasme de Stassov pour les lueurs éclatant parfois dans les créations et les improvisations de Moussorgsky, avait excité sa vanité. D'autre part, l'admiration de ses amis de cabaret, qui étaient si au-dessous de l'auteur et de ceux qui admiraient son talent d'exécutant, sans pouvoir distinguer ses qualités réelles de ses trucs plus ou moins heureux, alimentait sa vanité.

Le patron du cabaret savait lui-même par cœur Boris et Khovanstchina et admirait le talent de Moussorgsky. La Société russe de Musique le tenait à l'écart; au théâtre, on l'a trahi, sans cesser d'être aimable à son égard. Ses vrais amis: Borodine, Cui et moi, tout en l'aimant et l'admirant comme auparavant, critiquaient ses œuvres sur bien des points.

La presse, avec Laroche, Rostislav et autres, le blâmait. Voilà pourquoi la passion pour le cognac et pour les longues stations au cabaret se développa de plus en plus chez lui; «se cognacquer» ne faisait pas grand mal à ses nouveaux amis, tandis que c'était du poison pour sa nature nerveuse et maladive.

Tout en conservant des relations amicales, avec Cui, Borodine et moi, Moussorgsky se montrait soupçonneux envers moi. Mes études, l'harmonie et le contrepoint qui commençaient à m'intéresser, ne lui convenaient pas. Je crois qu'il supposait en moi un mentor arriéré, capable de le surprendre en défaut musical, et cela lui était désagréable. Quant au Conservatoire, il ne pouvait le souffrir.

Depuis longtemps déjà il était aussi en froid avec Balakirev, qui ne paraissait plus à notre horizon, disait que Modeste (Moussorgsky) avait un grand talent, mais un «cerveau faible», et soupçonnait son amour pour l'alcool; et c'est pourquoi Moussorgsky s'était détourné de lui bien avant de nous éviter.

L'année 1874 peut marquer pour Moussorgsky le commencement de sa chute, chute qui alla progressivement jusqu'au jour de sa mort.

RÉDACTION DES PARTITIONS DE GLINKA

(1876-1878)
LE travail de rédaction auquel je m'étais livré sur les partitions de Glinka fut pour moi une école inattendue[17]. Jusqu'à présent, je connaissais et j'admirais ses opéras, mais en rédigeant ses partitions, je devais examiner la facture et l'instrumentation de Glinka jusqu'à la plus petite note, et mon admiration pour cet homme de génie n'eut pas de bornes. Comme tout est chez lui fin et en même temps simple et naturel! Quelle connaissance des voix et des instruments! Je m'imprégnai avidement de tous ses procédés, j'étudiai sa façon de traiter les instruments de cuivre qui donnent à son orchestration une transparence et une légèreté inexprimables. J'étudiai sa façon élégante et naturelle de conduire les voix, et ce fut pour moi une bienfaisante école qui m'a amené sur le chemin de la musique moderne après toutes les péripéties du contrepoint et du style sévère. Mais, visiblement, mon éducation n'était pas encore terminée. Parallèlement à mon travail de rédaction de Rouslan et La Vie pour le tsar, je me suis mis à la refonte de la Pskovitaine.
Ma première idée était d'écrire un prologue, idée que j'avais rejetée jadis et qui pourtant joue un rôle important dans le drame de May[18]. Ensuite, j'aurais voulu donner un rôle à Terpigorev, l'ami de Michel Toutcha, et avec cela développer le rôle de Stiocha (fille de Matouta). Dès lors un couple comique, ou tout au moins gai, devait apparaître dans l'opéra. Balakirev insistait pour que, dans le Ier tableau du 4e acte, où l'action se passe près du couvent de Petchera, j'introduise un chœur de chanteurs ambulants exécutant une chanson sur Alexis homme de Dieu. Pour la musique de cette scène, je voulais me servir d'une mélodie authentique, prise dans le recueil de Philippov. Je suppose que Balakirev insistait pour cette introduction à cause de la beauté du chant, de son penchant pour les saints

43

et l'élément ecclésiastique en général. Bien que sa demande fût motivée parce que l'action se passait près du couvent, j'ai néanmoins cédé aux insistances de Balakirev qui, lorsqu'il tenait à quelque chose, ne lâchait pas prise jusqu'à ce qu'il l'ait obtenue, surtout quand il s'agissait des affaires des autres. Je me suis soumis comme jadis et selon mon habitude de céder à son influence. Mais, tout en acceptant cette introduction, j'ai voulu la développer le plus possible et voilà ce que j'ai trouvé:

Après le chœur des chanteurs ambulants, campés près de la grotte de l'innocent Nicolas, devaient paraître Ivan le Terrible et ses chasseurs venant chercher un abri contre l'orage. Pendant cet orage, le vieil innocent menace le tsar pour le sang versé de ses victimes, après quoi le superstitieux Ivan, effrayé, s'éloigne vivement avec sa suite, tandis que les chanteurs ambulants et Nicolas rentrent au monastère. L'orage s'apaise et, durant les derniers roulements de tonnerre, on entend le chant des jeunes filles cherchant dans la forêt Olga qu'elles avaient perdue. A partir de cet endroit, l'action devait continuer comme avant, sans notable modification.

Balakirev approuva mon idée, grâce à quoi s'est réalisé son désir d'introduire le chant sur Alexis l'homme de Dieu.

Il avait insisté en outre sur le remplacement du chœur final qu'il ne pouvait pas souffrir, par un autre, sur les paroles: «Dieu tout-puissant ressuscite les morts.»

Il insistait ainsi sur la refonte de la Pskovitaine et sur l'introduction de nouveaux morceaux, parce qu'à son avis, le don de composer des opéras me manquera désormais, du moins, je ne le ferai plus avec une force égale à la Pskovitaine; il était prudent, par suite, de la reviser d'une façon complète. Je ne sais sur quels faits il fondait ses conjectures; j'estime en tout cas qu'il était inutile de suggérer de pareilles pensées à un auteur qui n'était pas encore près de la tombe. Un autre à ma place aurait été peut-être influencé par lui; quant à moi, je n'étais nullement disposé à cette époque à méditer sur mon avenir; je désirais simplement refaire mon opéra parce que sa facture ne me satisfaisait pas.

J'y sentais des exagérations harmoniques, le décousu des récitatifs, le manque de chants aux endroits où ils devaient se trouver, le manque de développement ou les longueurs de forme, l'insuffisance de l'élément contra-pointique; en un mot, j'avais parfaitement conscience que ma technique de composition de jadis était au-dessous de mes idées musicales et de la beauté du sujet.

Mon instrumentation, avec l'absurde choix de cors et de trompes, l'absence de variété dans les traits violents, m'agaçait également, bien que j'eusse acquis la renommée d'un orchestrateur expérimenté.

Aussi, outre les additions et les changements dont j'ai parlé, je projetai de développer la scène du jeu de course, de refaire complètement l'arioso d'Olga au 3e acte, où les dissonances étaient si aiguës, d'introduire l'air d'Ivan le Terrible dans le dernier tableau, d'écrire une petite scène caractéristique du jeu des gamins et de leur querelle avec Vlasievna, d'introduire l'entretien du tsar avec Stiocha pendant le chœur des femmes au 3e acte, d'ajouter, partout où il serait possible, les accords et les ensembles de voix, d'épurer tout, de réduire les longueurs et de reviser l'ouverture dont les dissonances de la fin m'horripilaient maintenant.

Je me suis mis au travail et j'y ai consacré dix-huit mois, c'est-à-dire, jusqu'en janvier 1878. J'ai composé le prologue, la nouvelle scène du monastère de Petchera, de même que toutes les adjonctions et les changements, et la nouvelle partition de la nouvelle Pskovitaine était prête.

. . . .

Mon progrès dans le style d'opéra était certain: on le sentait dans le prologue qui était tout entier nouvellement composé. Par contre, le reste de l'opéra révélait de la lourdeur, due aux transformations de la facture. La tendance vers le contrepoint et vers l'abondance de soli pesait sur le contenu musical. Pourtant, il y avait d'heureux changements; notamment, l'arioso d'Olga au 3e acte a gagné en mélodie et en sincérité; le chœur final, d'une musique toute nouvelle, avec l'élévation des voix sur le mot amen, qui plaisait beaucoup à Balakirev, avait été écrit pour lui être agréable. L'air du tzar Ivan, à la façon phrygienne, était chantant, mais provoquait certaines objections, parce que, disait-on, le Terrible ne devait pas chanter un air. Quant à la nouvelle scène du monastère de Petchera, le chœur des chanteurs ambulants, écrit sous forme de fugue, plaisait à Balakirev et à bien d'autres. J'étais moi-même très satisfait de la marche de la scène de la chasse tzarienne et de l'orage, composée en partie sous l'influence de celle de la forêt africaine dans les Troyens de Berlioz. En revanche, le rôle de l'innocent Nicolas était à coup sûr faible, car il avait été ajouté au fond orchestral de l'orage et donnait l'impression de voix creuse et de sèche déclamation.

L'exécution du prologue avec accompagnement de piano eut lieu chez moi. Mme Molas chantait le rôle de Véra, Mme Vesselovsky celui de Nadejda, Moussorgsky, celui du boyard Scheloga. Cui, Moussorgsky et Stassov exprimèrent leur satisfaction avec une certaine réserve. Quant à Balakirev, il montra de l'indifférence, autant pour le prologue que pour tout l'opéra, sauf en ce qui concerne le chœur des chanteurs ambulants, la scène de l'orage et du chœur final.

Moussorgsky, Cui et Stassov approuvaient les autres additions et transformations de la Pskovitaine, mais se montraient peu satisfaits de la nouvelle version de l'opéra en général. Ma femme semblait aussi regretter la première version.

Tout cela me peinait un peu, mais l'essentiel est que je sentais moi-même que, sous sa nouvelle forme, mon opéra paraissait long, sec, lourd, malgré une meilleure facture et une technique plus expérimentée.

. . . .

Lorsque j'eus fini la Pskovitaine, j'écrivis à la direction des théâtres impériaux pour lui exprimer mon souhait de la voir représentée sous sa nouvelle forme.

Loukachevitch ne faisait plus partie de la direction, et le baron Kister gérait seul les affaires du théâtre. Au cours d'une répétition, celui-ci demanda à Napravnik s'il connaissait ma nouvelle partition. Le chef d'orchestre répondit que non, et les choses se sont bornées là: la Pskovitaine ne fut pas reprise.

J'avoue n'avoir pas été content de la réponse de Napravnik et de la suite de l'affaire; mais à qui la faute s'il a répondu d'une façon aussi sèche et aussi brève? Il était difficile d'attendre qu'il parlât en ma faveur sans connaître ma partition et voyant que je le négligeais. Tout échec nous chagrine, mais cette fois je ne fus pas chagriné. On eût dit que je prévoyais que cela valait mieux ainsi et que la Pskovitaine devait attendre. Je me rendais compte, en revanche, que mes années d'étude étaient terminées et que je devais entreprendre une œuvre nouvelle et plus mûrie.

BORODINE, CHIMISTE, PROFESSEUR ET MUSICIEN

(1877-1879)

PARMI tous mes camarades musiciens, Borodine était celui que je fréquentais le plus souvent. Durant ces dernières années, ses affaires et son genre de vie ont notablement changé. Consacrant généralement peu de temps à la musique et répondant à ceux qui le lui reprochaient, qu'il affectionnait la chimie et la musique au même degré, les instants qu'il consacrait à cette dernière sont devenus plus rares encore.

Mais ce n'était pas la science qui l'absorbait plus particulièrement. Il était devenu l'un des organisateurs actifs de l'École de médecine de femmes, faisait partie de toutes sortes de sociétés de bienfaisance et de patronage de la jeunesse studieuse, féminine surtout. Les réunions de ces sociétés, sa fonction de trésorier de l'une d'elles, les démarches qu'il faisait à cette occasion, prenaient tout son temps. Je le trouvais rarement à son laboratoire, plus rarement encore au piano. Quand j'arrivais, ou il venait de sortir pour aller à une réunion de société, ou il en revenait, ou encore, il était en course pour ces mêmes affaires, ou en train de rédiger des lettres, ou de mettre en règle sa comptabilité. Si l'on ajoute à cela ses cours, sa participation au conseil de l'École de médecine, on comprend qu'il ne lui restait plus de temps pour la musique.

Il m'a toujours paru étrange de voir certaines dames de la société de Stassov, qui montraient tant d'enthousiasme pour le talent musical de Borodine, le pousser dans toutes sortes de comités de bienfaisance, lui prenant le temps qu'il aurait pu consacrer à la création d'œuvres musicales merveilleuses.

D'autre part, connaissant sa bonté et sa faiblesse, ses élèves de l'École de médecine et les jeunes étudiantes de l'autre École l'assaillaient de toutes sortes de requêtes auxquelles il s'efforçait de satisfaire.

Son appartement, mal disposé, rappelant un long corridor, ne lui permettait pas de s'isoler et de ne pas recevoir. Chacun entrait chez lui à n'importe quel moment, l'arrachait à son dîner ou à son thé, et l'excellent Borodine se levait de table, écoutait patiemment les requêtes ou les plaintes et promettait de s'entremettre en faveur des solliciteurs. On le retenait ainsi, durant des heures entières, par des conversations à bâtons rompus, et il semblait toujours affairé et en train d'achever une besogne ou une autre. J'étais profondément peiné de ce temps gâché d'une façon aussi improductive.

Il faut noter de plus que sa femme, Catherine Sergueïevna, souffrait continuellement d'un asthme, ne dormait pas de toute la nuit, et ne se levait que vers midi. Borodine la soignait durant la nuit, se levait de bonne heure et ainsi ne prenait pas le temps nécessaire pour son sommeil.

Toute la vie domestique du couple était pleine de désordre: aucune heure fixe pour le dîner et les autres repas. Arrivé un soir après dix heures, je les ai trouvés en train de dîner. Sans compter les jeunes enfants qu'ils adoptaient successivement et qu'ils élevaient chez eux, leur logis servait souvent d'asile à de nombreux parents, pauvres ou de passage, qui y tombaient malades et même y perdaient la raison, et Borodine les soignait, les casait dans les hospices et allait les visiter. Les quatre pièces de son appartement étaient souvent remplies par plusieurs de ces étrangers, de sorte qu'il y en avait qui dormaient sur les divans ou même par terre. Souvent le maître de céans ne pouvait toucher au piano, parce que quelqu'un dormait dans la pièce voisine.

Le même désordre régnait à table: plusieurs chats, que les Borodine hébergeaient, se promenaient sur la table, fourrant leur museau dans les assiettes ou sautant sur le dos des convives. Ces félins jouissaient de la protection de Catherine Sergueïevna. On racontait leur biographie. L'un s'appelait «Pêcheur», parce qu'il réussissait parfaitement à attraper des petits poissons à travers les trous de la rivière glacée. Un autre, qui s'appelait «Lelong», avait l'habitude de saisir par la peau et d'apporter chez les Borodine des petits chats qu'il trouvait et que ces derniers casaient chez eux. Plus d'une fois, il m'est arrivé de dîner chez eux et de voir un de ces chats se promener sur la table et arriver jusqu'à mon assiette; je le chassais; alors Catherine Sergueïevna prenait sa défense et racontait sa biographie. Un autre s'installait sur le cou de Borodine et le chauffait impitoyablement.

«Voyons, monsieur, c'est trop, cette fois», disait Borodine. Mais le chat ne bougeait pas et continuait à se prélasser sur son cou.

Mon ami était robuste et d'une excellente santé; il était aussi peu exigeant, dormait peu et pouvait dormir où et quand il en trouvait l'occasion. Il pouvait dîner deux fois de suite le même jour, comme il pouvait ne pas dîner du tout. L'un et l'autre lui arrivaient assez souvent. S'il se présentait

dans une maison amie pendant le dîner et qu'on l'invitât à table, il disait:
«Comme j'ai déjà dîné aujourd'hui et suis habitué par conséquent à dîner, je
puis dîner encore une fois.»

On lui proposait du vin. «Comme je ne bois généralement pas de vin, je
puis me le permettre aujourd'hui», faisait-il.

Une autre fois, c'était le contraire. Il rentre chez lui, après avoir été absent
pendant toute la journée et, voyant qu'on prend le thé, il s'assoit et prend du
thé. Sa femme demande où il a mangé. C'est alors qu'il se souvient, qu'il n'a
pas dîné du tout. On le sert et il mange avec appétit. Le soir, il boit le thé,
en avalant une tasse après l'autre, sans se rendre compte de leur nombre. Sa
femme lui demande:

«—En veux-tu encore?

«—Combien de tasses ai-je pris? demande-t-il à son tour.

«—Dix.

«—Bien, alors c'est assez.»

Que d'autres anecdotes semblables!

. . . .

Au cours de mes souvenirs des années 1875-76, je rappelais ma passion
pour la poésie du culte païen du soleil, passion qui avait pris naissance lors
de mes études des chants rituels. Elle ne s'est pas apaisée jusqu'à présent; au
contraire, à partir de la Nuit de Mai, elle m'inspira une série d'opéras
fantastiques, que le culte du soleil et des dieux de cet astre imprègne
directement, grâce au sujet puisé dans l'antiquité païenne russe, tels
Snegourotchka ou Mlada,—ou bien indirectement, dans les opéras dont le
sujet est tiré de l'époque chrétienne plus récente, tels: la Nuit de Mai ou la
Nuit de Noël.

Je dis indirectement, bien que le culte du soleil ayant complètement disparu
à la clarté du christianisme, tous les chants et jeux rituels étaient, jusqu'aux
derniers temps, inspirés par l'antique adoration du soleil qui s'était
inconsciemment maintenue dans les masses populaires. Le peuple chante
ces mélopées cultuelles par habitude acquise, sans comprendre ni
soupçonner le sens primitif de ces rites et jeux. Il est vrai qu'actuellement
semblent disparaître les derniers vestiges des chants antiques et avec eux
tous les indices de l'ancien panthéisme.

Tous les chœurs de mon opéra sont marqués par cette origine: le jeu
printanier «de Mil», le chant de la Trinité: «Je tresserai des couronnes», le
chant des ondines, lent ou rapide au dernier acte, et jusqu'à la ronde des
ondines. L'action même de mon opéra est liée à la semaine de la Trinité ou
à celle des ondines, appelée «le Noël vert». De cette façon j'ai réussi à
souder au sujet qui m'était cher le côté rituel des mœurs populaires qui
révèle les vestiges du paganisme.

Outre la portée que cette étude a eue pour moi, la Nuit de Mai a eu encore
une autre action sur ma manière de composer. Malgré l'emploi fréquent du

contrepoint (par exemple la fuguette: «Qu'on apprenne ce qu'est le pouvoir!», le fugato: «Satan, Satan, c'est Satan lui-même!»; la fusion des chants des Roussalkas, lents et rapides; nombre d'imitations semées çà et là)... Je me suis débarrassé dans cet opéra des liens contrapontiques qui étaient encore très apparents dans la deuxième version de la Pskovitaine. J'ai introduit, pour la première fois, dans mon nouvel opéra des grands numéros de chants d'ensemble. On remarque dans les voix la tessiture qui leur est propre. (Rien de semblable dans la Pskovitaine.) Toutes les fois que les scènes le permettent, les numéros sont arrondis. La mélodie et la phrase chantante ont remplacé le récitatif indifférent, appliqué sur la musique. Par endroit se manifestait le penchant pour le récitatif secco, employé par la suite dans Snegourotchka.

Dans la Nuit de Mai, ce penchant n'a pas eu toutefois d'heureux résultats. Le récitatif est encore un peu lourd et gênant pour une exécution aisée. Je crois qu'à dater de la Nuit de Mai, j'ai réussi à posséder l'instrumentation transparente dans le goût de Glinka, quoique par endroit la force du son y manque. En revanche, les instruments à cordes s'y manifestent beaucoup et avec une libre animation. Cet opéra est instrumenté sur des cors et des trompes naturels, de manière qu'ils puissent être réellement exécutés. C'est seulement dans le chant visant le Bailli que sont employés trois trombones sans tube et la petite flûte. De sorte que le coloris général rappelle celui de Glinka.

Le sujet de la Nuit de Mai est lié dans mes souvenirs à l'époque de mes fiançailles et l'opéra fut dédié à ma femme.

Bientôt après la remise de la partition à la direction du Théâtre Marie, elle fut lue par Napravnik, et l'opéra accepté, grâce à son avis favorable. On se mit à transcrire les rôles et, au printemps 1879, on commença à travailler les chœurs. Les chefs des chœurs étaient les mêmes que du temps de la Pskovitaine, c'est-à-dire: Pomazansky et Azeïev. La représentation devait avoir lieu au courant de la saison suivante 1879-1880.

Durant la saison 1878-79, l'École gratuite de Musique réunit de nouvelles ressources après une année de repos. Grâce aux efforts de Balakirev, les membres d'honneur n'avaient pas cessé d'envoyer leurs cotisations. On pouvait reprendre les concerts. J'annonçai un abonnement de quatre concerts, et ils eurent lieu les 16 et 23 janvier et les 20 et 27 février.

Le programme était éclectique comme par le passé. Entre autres morceaux, on a exécuté pour la première fois: la ronde «le Mil», le chœur des Roussalkas et le chant sur le Bailli de la Nuit de Mai; Hamlet de Liszt, le chœur de la Fiancée de Messine de Liadov; l'air de Kontchak, le chœur final et les danses de Polovtzi du Prince Igor de Borodine; la scène au monastère de Tchoudov (Pimen et Gregori) de Boris Godounov de Moussorgsky et enfin l'ouverture tchèque de Balakirev.

A cette époque, le Prince Igor avançait lentement, mais il avançait tout de même. Que de prières instantes j'adressai au cher Borodine, pour qu'il se décidât enfin à orchestrer quelques numéros pour le concert! Ses nombreuses occupations à l'École de Médecine et aux cours supérieurs de femmes l'absorbaient toujours beaucoup. J'ai déjà décrit son intérieur. Son infinie bonté et l'absence de tout égoïsme faisaient de cet intérieur un milieu peu propice à la composition. Je renouvelai mes visites en lui demandant toujours ce qu'il avait fait: c'était généralement une ou deux pages de partition ou bien rien du tout.

Je lui demande:

«—Alexandre Porfirievitch, avez-vous écrit quelque chose?

«—Oui, j'ai écrit.»

En fait, il avait écrit beaucoup de lettres.

«—Alexandre Porfirievitch, avez-vous transposé tel numéro?

«—J'ai transposé, répond-il l'air sérieux.

«—Enfin! Dieu soit loué!

«—Je l'ai transposé du piano sur la table», ajoute-t-il aussi posément.

Bref, il n'existait encore ni de véritable plan ni de scénario. Des numéros isolés étaient plus ou moins terminés, ou bien à peine ébauchés et sans suite. Toutefois, à cette époque étaient déjà composés: l'air de Kontchak, le chant de Vladimir Galitsky, les lamentations de Yaroslavna, un arioso de la même, le chœur final, les danses des Polovtsi et les chœurs du festin chez Vladimir Galitsky. Je demandais à l'auteur ces morceaux pour les concerts de notre école. L'air de Kontchak était entièrement orchestré, mais je ne pus obtenir l'achèvement de l'orchestration des danses des Polovtsi et du chœur final. Or, ces morceaux étaient déjà au programme et je les avais fait répéter au chœur. Le moment était venu de transcrire les rôles. Je suis au désespoir et je le reproche amèrement à Borodine. Il n'est pas à l'aise non plus. Finalement, ayant perdu toute patience, je lui propose de l'aider dans l'orchestration. Il vient chez moi un soir muni de la partition de danses commencée, et nous voici tous trois—lui, Liadov, et moi,—achevant rapidement l'orchestration, chacun pour notre part. Pour aller plus vite, nous nous servons du crayon et non de l'encre. Nous travaillons tard dans la nuit. Le travail fini, Borodine couvre les pages de la partition de gélatine liquide, pour que le crayon ne s'efface pas. Afin que le papier sèche plus vite, nous le suspendons comme du linge à des cordes dans mon cabinet de travail. C'est ainsi que le numéro fut prêt et remis au copiste. La fois suivante, je fus seul à orchestrer le chœur final.

Ainsi, grâce au concert de l'École gratuite, quelques numéros de l'opéra de Borodine furent menés à bonne fin cette saison-là et la saison suivante, en partie par l'auteur seul et en partie avec mon concours. En tout cas, sans les concerts de notre École, le sort du Prince Igor aurait été tout autre.

A la répétition d'une des scènes de Boris Godounov, Moussorgsky faisait des siennes. Sous l'influence de l'alcool ou par pose, penchant qui s'accentua fort à cette époque, il se livrait souvent à des extravagances. A cette répétition, il écoutait d'un air significatif la musique, se montrait enthousiaste de l'exécution d'instruments isolés, et cela souvent à propos des phrases les plus ordinaires, tantôt baissant d'un air pensif sa tête, tantôt la relevant fièrement en secouant les cheveux, ou levant le bras d'un geste théâtral. Lorsque à la fin de la scène, le tam-tam résonna pianissimo figurant la cloche du monastère, Moussorgsky se baissa profondément et onctueusement devant l'instrument, les bras croisés sur la poitrine.

. . . .

Cette année-là, avant de prendre mes vacances d'été, je finis par convaincre Borodine de me laisser recopier et de mettre au point le chœur et la partition des joueurs de rebec[19] de la scène de Vladimir Galitsky, dans le Prince Igor.

Cette scène avait été composée et notée par lui depuis longtemps, mais un complet désordre y régnait: il y avait telle partie à abréger, telle autre à transposer dans un autre ton, par ailleurs, écrire les voix des chœurs, et ainsi de suite. Cependant, la chose n'avançait pas du tout. Il était toujours en train de s'y mettre, remettait de jour en jour, sans jamais donner suite à son projet. Cela me chagrinait beaucoup. Je cherchais tous les moyens de lui venir en aide et je lui demandais d'être son secrétaire musical, pour faire avancer d'une façon ou d'une autre son merveilleux opéra. Enfin, après de longues hésitations et insistances de ma part, Borodine consentit et j'emportai avec moi à la campagne la scène en question.

Il était convenu que nous échangerions nos idées par correspondance au sujet du travail que j'assumais. Je l'ai commencé, et à un certain moment, j'ai signalé à Borodine certaines obscurités que j'ai rencontrées dans sa composition. J'ai attendu longtemps sa réponse; elle arriva enfin, mais elle m'annonçait son désir de s'entretenir avec moi à notre retour. L'affaire en resta là cette fois encore et le travail n'avança pas beaucoup.

Durant plusieurs étés de suite, le couple Borodine passa les vacances dans le centre de la Russie, dans le gouvernement de Toula de préférence. L'existence qu'ils y menaient était assez singulière. Ils louaient généralement une maison de campagne sans l'avoir vue. Le plus souvent c'était une grande izba de paysan. Ils emportaient fort peu de choses avec eux. Il n'y avait pas de fourneau et on faisait la cuisine dans un grand poêle russe. On se doute combien leur façon de vivre était incommode et pleine de privations.

Madame Borodine, constamment souffrante, se promenait durant tout l'été les pieds nus, sans trop savoir pourquoi. La gêne principale de cette existence était l'absence de piano. Ainsi, les mois d'été libres passaient pour Borodine, sinon d'une façon tout à fait stérile, du moins peu productive. Entièrement pris durant l'hiver par ses fonctions et par les affaires des autres, il ne composait pas davantage pendant l'été, à cause de la mauvaise organisation de sa vie. Et c'est de cette façon singulière, que passaient les années de Borodine, dont les circonstances et la situation auraient pourtant pu favoriser son travail: sans enfants et avec une femme qui l'aimait, le comprenait et appréciait son immense talent.

LA REPRÉSENTATION DE LA NUIT DE MAI

(1879-1880).

PEU après mon retour de la campagne, j'ai montré à Balakirev le commencement de mon Conte. Tout en prisant certains endroits de cette composition, il trouvait la forme de l'ensemble peu satisfaisante. Cela m'a refroidi pour mon œuvre, et j'ai failli déchirer tout ce que j'ai écrit; en tout cas, je n'ai plus songé à la poursuivre. Bientôt mes pensées se sont tournées vers mon ouverture sur les thèmes russes et que j'avais écrite encore en 1866. J'eus l'intention de la transformer et je me mis à y travailler. Cette besogne ne fut achevée qu'au printemps 1880, quand je songeais déjà à un nouvel opéra dont je parlerai par la suite.

En octobre 1879, on commença à répéter la Nuit de Mai au Théâtre Impérial Marie. La distribution des rôles fut la suivante: Levko était dévolu à Kommissarjevsky; Hanna avait deux interprètes: Slavina et Kamenskaïa; la belle-sœur était Bitchourina; le bailli—Karinakine et Stravinsky; Kalenik—Melinkov et Prianischnikov. Le distillateur—Eude; le scribe—Sobolev; Pannotchka—Velinskaïa. (On avait déjà pris l'habitude à cette époque de faire répéter certains rôles par deux artistes.)

Tout le monde y mettait de la bonne volonté, et la répétition avançait sans accrocs. J'accompagnais toujours personnellement le chanteur. Napravnik (chef d'orchestre et directeur de la scène) montrait de la réserve, mais fut attentif et précis comme à l'ordinaire. Le chœur était excellent.

Pour le ballet, j'ai dû composer un morceau «violon-répétiteur» des danses des Roussalkas (naïades), ce qui fut assez difficile en raison de la complexité de la musique. J'allais voir chez lui le maître de ballet Bogdanov, lui jouer les danses et expliquer mes intentions.

Les répétitions d'orchestre se poursuivaient également en temps voulu. Bref, autant que je me souviens, tout fut prêt au début de décembre. Les décors de même. On les a empruntés à ceux de l'opéra de Tchaïkovsky: le Forgeron Vakoula, qui n'était plus au répertoire. Le seul grand changement se rapportait au décor d'hiver, transformé en celui d'été. Cependant, à cause des retards habituels à toutes les représentations d'Opéra et dus à la direction du théâtre, la Nuit de Mai ne fut donnée pour la première fois que le 9 janvier 1880.

Le succès en fut assez sensible. Certains morceaux furent bissés, et les artistes et l'auteur furent rappelés à plusieurs reprises. Le corps de ballet était médiocre. Le décor du 3e acte fut peu réussi et, par suite, la scène fantastique malvenue.

Selon le jugement des artistes, mes deux premiers actes étaient fort bien, tandis que le 3e l'était beaucoup moins; quant au finale, il aurait été franchement mauvais. J'étais, au contraire, convaincu que le 3e acte contient le meilleur morceau de l'œuvre et nombre d'autres moments poétiques, dont le meilleur était: les deux vers de la chanson de Levko: «O clarté lunaire», après lesquels s'ouvre la fenêtre de la maison seigneuriale, apparaît la tête de la jeune fille et on entend son appel, avec l'accompagnement glissando de la harpe; de même les adieux de la jeune fille avec Levko et la disparition de celle-ci.

Durant cette saison, mon opéra fut donné huit fois. Pour la dernière représentation, Napravnik fit dans le 3e acte quelques coupures dont la principale était l'omission du premier jeu de corbeau (si min.). Loin d'y gagner, l'opéra y perdait. Tout d'abord on défigurait Gogol[20]; en outre la scène n'avait plus de sens, car Levko n'avait plus de choix pour deviner la belle-mère; enfin, la forme musicale y perdait, et l'intention de l'auteur était annihilée. En effet, la première fois, le jeu du corbeau est basé sur un thème simple:

notation musicale

tandis que dans le second jeu, quand joue la belle-mère, ce thème s'unit à la phrase de cette dernière:

notation musicale

ce qui ajoute ici le caractère sinistre voulu.

Ces «coupures», suivant l'expression de Napravnik, me mécontentaient, mais il n'y avait rien à faire.

Avec la dernière représentation, le succès de la Nuit de Mai diminua quelque peu, mais la salle était toujours comble. En me rappelant les représentations de la Pskovitaine, je dus avouer que le succès de mon premier opéra était plus grand et plus durable que celui du second. L'année suivante, la Nuit de Mai fut moins suivie par le public, et la troisième année, encore moins. Il est vrai que l'interprétation était de plus en plus négligée et, après 18 représentations, l'opéra fut retiré du répertoire.

Lors de sa première représentation, la Nuit de Mai plut aux membres de notre cercle à des degrés différents, mais nul n'y mettait de l'enthousiasme.

Balakirev la goûta peu. Vassili Stassov fut séduit seulement par l'accent fantastique et plus encore par le jeu du corbeau; il faisait beaucoup de bruit, comme à l'ordinaire, approuvant également la ronde des Roussalkas, dont les idées directrices avaient été empruntées à la ronde de Mlada, qui avait plu de tout temps à Stassov et à Moussorgsky. Le chant de Pannotchka, avec accompagnement de harpes, leur plaisait également parce qu'ils y découvraient des allusions à Mlada. Mais ils prisaient peu le chant de Levko, le chœur des Roussalkas, etc.

A cette époque, Moussorgsky est devenu en général indifférent pour la musique des autres, et il montra une plus grande froideur pour la ronde. Il plissait le front et disait en général de la Nuit de Mai que ce n'était «pas ça».

Je soupçonne que ce qui leur déplaisait à tous, c'était ma nouvelle tendance manifestée alors vers la mélodiosité et l'arrondissement de la forme. De plus, je les ai tous tellement effarouchés par mes études de contrepoint qu'ils commençaient à se défier de moi. Ils continuaient bien à m'adresser des louanges, mais ils ne faisaient plus entendre leurs anciens: «C'est parfait! C'est incomparable!».

César Cui fit une critique glaciale de mon opéra, en faisant observer que tout s'y réduisait à des petits thèmes, à des petites phrases et que ce qu'il y avait de meilleur était emprunté aux chants populaires. Sa femme, m'ayant rencontré un jour chez l'éditeur Bessel, me dit fielleusement:

—Vous avez enfin appris comment il faut écrire des opéras.

Elle faisait ainsi allusion au succès de la Nuit de Mai auprès du public.

La critique fut, en général, peu favorable à mon second opéra, me chercha noise à propos de tout, négligeant tout ce qu'il y avait de réussi. Cela ne fut pas sans amener le refroidissement du public dont je parlais. En somme, la Pskovitaine avait mérité plus de louanges, plus de reproches aussi et plus de succès que la Nuit de Mai.

Pendant les années 1879 et 1880, j'ai organisé de nouveau quatre concerts à l'École musicale Gratuite. Le programme fut de nouveau très éclectique et composé sous la forte pression de Balakirev. Parmi les morceaux étrangers, les programmes comprenaient, entre autres, la 6e symphonie de Beethoven; la musique de scène d'Egmond, du même auteur, la musique de Prométhée de Liszt; Jeanne d'Arc, symphonie de Moschkovsky, et quelques morceaux des Troyens de Berlioz. Parmi les morceaux russes, il y avait certaines parties de ma Pskovitaine (2e version), des parties du Prince Igor de Borodine, orchestrées cette fois par l'auteur lui-même. En revanche, les morceaux détachés de la Khovanstchina, exécutés pendant le deuxième concert, ne furent pas tous orchestrés par Moussorgsky. Le chœur des Streltsi et le chant de Marpha étaient entièrement écrits par lui; mais la danse des Persides fut orchestrée par moi. Ayant promis ce numéro pour ce concert, Moussorgsky tardait à le livrer et je lui ai proposé de l'orchestrer; il consentit dès les premiers mots, et il fut très content de mon travail, bien que j'aie introduit nombre de changements dans ses harmonies et solfège.

Un incident amusant se produisit pendant l'exécution du programme du quatrième concert. On devait exécuter pour la première fois un scherzo (ré maj.) de Liadov; mais l'auteur, devenu fort paresseux à cette époque, n'eut pas le temps de le préparer et il fallait le remplacer par un autre morceau. Précisément un certain Sandow, d'origine anglaise, et qui donnait des leçons à Saint-Pétersbourg, m'avait apporté à plusieurs reprises ses morceaux d'orchestre, assez secs et compliqués pour la plupart. C'est ainsi qu'il m'apporta un jour un scherzo en me priant de l'exécuter à l'un des concerts que je dirigeais. J'avais décliné l'offre. Le scherzo de Liadov manquant, je me suis souvenu de la prière de Sandow et je lui ai proposé de le mettre au programme. Chose assez curieuse, le scherzo eut du succès, bien qu'il fut sans couleur et mesquin. J'appris par la suite que l'auteur fut rappelé par le public parce qu'on croyait qu'il s'agissait de Liadov, que le public aimait, et que le nom de Sandow y était mis par erreur.

Désireux de faire connaître au cours du concert musical le plus grand nombre possible des œuvres nouvelles des compositeurs russes de talent, comme Borodine, Moussorgsky ou Liadov, il me fallut donc prendre en considération leur manque d'activité et, à cet effet, orchestrer pour eux leurs œuvres et employer toutes sortes de manœuvres pour obtenir d'eux leurs compositions.

En ce qui concerne Cui et Balakirev, je n'avais pas à recourir à des mesures particulières, d'autant plus que le premier ne composait à cette époque que des romances, et le deuxième ne produisait rien de nouveau. Cependant, Balakirev commençait à reprendre du goût pour la composition musicale et faisait avancer, quoique lentement, sa Thamara, demeurée inachevée depuis dix ans. Il s'y mit de nouveau pour répondre aux instantes prières de Mme Schestakov. Cette année-là, il apparut même une fois à la répétition du concert de l'École Gratuite, au moment où je faisais exécuter son ouverture sur les thèmes russes (si min.); mais il se montra de fort désagréable humeur, tantôt gourmandant tout haut deux violonistes, tantôt m'indiquant certains mouvements de chef d'orchestre, remarques qui me parurent fort déplacées, formulées qu'elles étaient devant tout le monde.

A ces concerts chantait, une Mme Léonov qui, après un voyage au Japon, s'était installée à Saint-Pétersbourg et y donnait des leçons de chant. C'était une artiste assez talentueuse qui avait possédé jadis un bon contralto, mais qui, en réalité, n'avait reçu aucune instruction musicale régulière et était peu apte, par suite, à enseigner la technique du chant. Mais elle exécutait elle-même, souvent incomparablement, des morceaux dramatiques et comiques. Aussi, pouvait-elle être utile à ce point de vue à ses élèves. Ses études portaient principalement sur des romances et des morceaux d'opéra. Elle avait besoin d'un accompagnateur et d'un musicien pouvant surveiller l'étude régulière des pièces, ce qu'elle n'était pas en mesure de faire personnellement. Moussorgsky se chargea de cette mission. Il avait pris depuis longtemps sa retraite et était sans ressources; aussi, les cours de Mme Léonov lui en assurèrent dans une certaine mesure. Il donnait beaucoup de temps à cet enseignement et composait, pour les exercices des élèves, des trios et quatuors d'un horrible solfège.

L'appui de Moussorgsky servait de réclame aux cours de Mme Léonov. Sa fonction, à ces cours, était certes peu brillante; mais il n'en avait pas conscience, ou, du moins, paraissait ne pas s'en rendre compte.

La composition de sa Khovanstchina et de sa Foire de Sorotchinetz n'avançait guère. Afin d'accélérer l'achèvement de la Khovanstchina et de conduire à un résultat satisfaisant un scénario désordonné et compliqué, l'auteur dut notablement réduire son travail. Quant à la Foire de Sorotchinetz, son sort fut plus étrange encore. L'éditeur Bernard consentit à éditer des morceaux de cet opéra pour piano à deux mains, en payant très chichement Moussorgsky. Pressé par le besoin, Moussorgsky cuisinait à la hâte pour son éditeur des morceaux de piano, sans avoir un vrai livret, ni scénario, ni brouillon, ni notation de voix. Les seuls morceaux achevés par lui étaient le chant de Hivra, le chant de Paracha et la scène entre Afanassy Ivanovitch et Hivra. Il avait écrit également à cette époque nombre de romances, principalement sur les paroles du comte Golenistchev-Koutouzov, demeurées inédites.

Mme Léonov a entrepris, pendant l'été 1880, une tournée dans le midi de la Russie. Moussorgsky l'accompagna en qualité de pianiste de ses concerts. Étant, en effet, excellent joueur de piano dès son jeune âge, il ne s'exerçait cependant pas et n'avait aucun répertoire à lui. Dans les derniers temps, il prenait part assez souvent aux concerts de la capitale en qualité d'accompagnateur. Il suivait à merveille la voix du chanteur, accompagnant à première lecture, sans répétition. Mais partant avec Mme Léonov, il devait prendre part comme pianiste et solo, et son répertoire était réellement étrange. Ainsi, pendant cette tournée en province, il exécutait l'introduction de l'opéra de Glinka: Rouslan et Ludmila dans un arrangement improvisé, ou bien le carillon de son Boris.

Il a visité bien des villes du midi de la Russie et poussa jusqu'en Crimée. Sous l'influence de la nature méridionale, il écrivit des petites pièces pour piano: Gourzouf et Sur la Rive du Midi, deux morceaux peu réussis et qui furent par la suite édités par Bernard. Je me souviens aussi d'une fantaisie qu'il a jouée chez moi, assez longue et désordonnée, et qui devait peindre une tempête sur la mer Noire. Mais il ne la nota jamais et elle fut perdue.

Au printemps de 1880, j'ai fait un deuxième voyage à Moscou pour y diriger l'orchestre au concert de Schestakovsky.

Le jour du concert coïncidait avec celui de l'attentat de Soloviev contre la vie du tzar Alexandre II, et j'ai dû faire exécuter, à quatre reprises, l'hymne Dieu sauve le Tzar; un militaire exigea même la reprise de l'hymne pour la cinquième fois, et comme je ne me suis pas prêté à son désir, il poussa des cris de menace et chercha à me rejoindre sur la scène; mais il en fut empêché par l'administration théâtrale.

Pendant ce séjour à Moscou je fis la connaissance de A.-N. Ostrovsky[21].

J'avais eu l'idée, durant l'hiver précédent, d'écrire un opéra sur les paroles de Snegourotchka, d'Ostrovsky. J'avais lu pour la première fois ce conte dramatique vers 1874, lorsqu'il venait de paraître. A la première lecture, il me plut peu: le royaume de Berendeï me parut fort étrange; à quoi l'attribuer, je ne sais au juste. Étais-je encore sous l'impression des idées des années soixante; ou bien étais-je enserré dans les tendances qui portaient à chercher le sujet dans la vie réelle; ou bien encore étais-je entraîné par le courant naturaliste de Moussorgsky? Il est probable que ces diverses influences s'exercèrent sur moi. Quoi qu'il en soit, le merveilleux conte poétique d'Ostrovsky n'avait produit sur moi aucune impression.

Durant l'hiver 1879-80, je relus Snegourotchka et j'ai découvert soudain son étonnante beauté poétique. L'envie me vint aussitôt d'écrire un opéra sur ce sujet, et, à mesure que j'y réfléchissais, je me sentis de plus en plus passionné pour le conte d'Ostrovsky. Mon penchant pour les mœurs antiques russes et le panthéisme païen est devenu soudain irrésistible. Je ne pouvais trouver de meilleur sujet dans cette intention; je n'aurais pu rêver de plus belle image poétique que Snegourotchka, Lel, ou le Printemps; il n'y avait pas de plus merveilleux royaume que celui des Berendeï, avec leur merveilleux tzar; il n'y avait pas de plus belle conception de vie et de religion que le culte de Yarila-le-Soleil!

Aussitôt après la lecture (c'était en février), mon esprit fut hanté par des motifs, par des thèmes, par une suite d'accords; puis se sont dessiné, d'abord vaguement et ensuite avec une clarté grandissante, des états d'esprit et des couleurs correspondant aux divers moments du sujet. J'avais un gros cahier de notes et je me mis à y inscrire toutes ces pensées. C'est dans cette disposition que je me suis rendu à Moscou et suis allé voir Ostrovsky pour lui demander l'autorisation d'utiliser son œuvre comme livret, avec le droit d'y apporter les changements qui me paraîtraient nécessaires. Ostrovsky m'accueillit très aimablement, m'accorda le droit de me servir de son drame comme je l'entendrais et me fit cadeau d'un exemplaire.

A mon retour de Moscou, j'ai employé tout le printemps au travail préparatif de l'opéra et, au commencement de l'été, quantité de brouillons emplissaient déjà mon cahier.

Au courant de cette saison, Balakirev me procura quelques leçons de théorie musicale. Il s'agissait généralement de théorie élémentaire. Toutes ces dames et tous ces messieurs étudiaient chez moi des gammes, des intervalles, etc., sur l'ordre de Balakirev, qui, au fond, s'y intéressait peu.

L'enseignement de la théorie marchait passablement, mais c'était le solfège qui clochait. Mes élèves appartenaient pour la plupart aux familles Botkine et Glazounov[22]. Un jour, Balakirev m'apporta une composition musicale d'un collégien de quatorze ans, Sacha Glazounov. C'était une partition d'orchestre écrite d'une plume enfantine; mais la capacité de l'auteur se manifestait avec certitude. Peu de temps après, Balakirev me le présenta comme élève. En donnant des leçons de théorie élémentaire à sa mère, Mme Hélène Glazounov, je me mis à enseigner en même temps au jeune Sacha. C'était un charmant garçon, avec de beaux yeux et qui touchait le piano avec des gestes mastoques. Il n'avait plus besoin d'étudier la théorie élémentaire et le solfège, car il avait une excellente oreille, et son maître de piano, Yelenkovsky, lui avait déjà suffisamment enseigné l'harmonie.

Après quelques leçons d'harmonie, je passais avec lui directement aux contrepoints qu'il étudia avec soin. De plus, il me montra ses improvisations, ainsi que des petits morceaux notés. De cette façon, les études de contrepoint et de composition se poursuivaient simultanément. A ses moments de loisirs, il jouait beaucoup et ne cessait d'étudier la littérature musicale. Liszt lui plaisait particulièrement à cette époque. Son développement musical avançait, non pas de jour en jour, mais d'heure en heure.

Dès le début, mes relations avec Sacha sont passées de maître à élève à celles d'ami à ami, malgré notre différence d'âges. Balakirev prenait également une grande part au développement musical de Sacha; jouant beaucoup et s'entretenant souvent avec lui, il se l'attacha par une profonde affection. Toutefois, quelques années plus tard, les relations sont devenues froides, la franchise disparut entre eux, et enfin ils se séparèrent complètement.

LA COMPOSITION DE SNEGOUROTCHKA

(1880-1881).

LE printemps arriva. Il était temps de chercher une maison de campagne. Notre bonne d'enfant, Avdotia Larionovna, attira notre attention sur la propriété de Stelovo située à 30 verstes de Louga et appartenant à M. Marianov, chez qui elle avait été en service avant d'entrer chez nous. Je suis allé visiter Stelovo. La maison, quoique assez vieille, était très logeable. Elle était entourée d'un grand et beau jardin, tout en arbres fruitiers. C'était, au surplus, la pleine campagne, éloignée de toute habitation. Suivant les conventions, nous étions maîtres absolus de la propriété durant tout l'été. Nous nous y installâmes le 18 mai.

J'eus alors la chance de passer l'été dans une vraie campagne russe et pour la première fois de ma vie. Tout m'y plaisait, tout m'y enthousiasmait. Belle situation, une immense forêt, surnommée «Voltchinetz», des champs d'orge, de sarrasin, d'avoine, de lin et même de froment; quantité de petits villages, une petite rivière où nous nous baignions, un grand lac, «Vrevo», point de routes, nature vierge, de vieux noms de villages russes, tout cela m'enthousiasmait. Le jardin de la propriété contenait des cerisiers, des pommiers, des groseilliers, beaucoup de fraises et de framboises, des lilas en fleurs; profusion de fleurs des champs, gazouillement continu des oiseaux, tout cela s'harmonisait particulièrement avec mon état d'esprit panthéistique d'alors et ma toquade pour le sujet de Snegourotchka. Quelques troncs d'arbre, gros et tordus, ou couverts de mousse, réapparaissaient comme des esprits des bois; la forêt Voltchinetz devenait une forêt vierge; la colline de Kopytets se transformait en montagne de «Yarila»; le triple écho que nous entendions de notre balcon, semblait être des voix de quelques puissances infernales.

L'été fut chaud et orageux. De la moitié de juin jusqu'à la mi-août, les orages éclataient presque chaque jour. Le 23 juin, la foudre tomba tout près de la maison, et la secousse fut si violente que ma femme, assise près de la fenêtre, fut renversée avec son fauteuil. Elle n'eut aucun mal, mais sa frayeur fut si grande que durant longtemps, elle se sentait très nerveuse quand l'orage éclatait et en avait peur, tandis qu'elle l'aimait auparavant. Ce n'est qu'un mois après que ses nerfs se calmèrent et qu'elle ne craignit plus l'orage. Malgré cette circonstance, Nadejda Nicolaïevna se plaisait beaucoup à Stelovo, de même que nos enfants. Nous en étions seuls maîtres, et nul voisin alentour. Nous avions à notre disposition des vaches, des chevaux, des voitures, et le moujik Ossip et sa famille, gardiens de la propriété, étaient à notre service.

Dès le premier jour de mon installation à Stelovo, je me suis mis à la composition de Snegourotchka. Je composais durant la journée entière, ce qui ne m'empêchait pas de me promener beaucoup avec ma femme, de l'aider dans la préparation des confitures, d'aller à la recherche des champignons, etc. C'est que les pensées musicales me poursuivaient inlassablement et je continuais à les coordonner dans mon esprit, tout en m'occupant d'autres choses. Il y avait dans la maison un vieux piano à queue, faussé et accordé d'un ton entier plus bas. Je le surnommais «piano in B». Malgré tout je parvenais à m'y exercer et à vérifier les parties déjà composées. J'ai déjà dit que vers cette époque je disposais suffisamment de matière musicale pour l'opéra, et les contours de certaines parties se dessinaient déjà dans mon imagination. Une partie de ma composition était notée dans mon gros cahier, une autre partie était logée dans mon cerveau.

Je me suis mis à écrire le commencement de l'opéra et je le notai dans la partition orchestrale jusqu'à l'air du Printemps, inclusivement, je crois. Mais je me suis aperçu bientôt que mon imagination avait la tendance à travailler plus vite que le temps que je mettais à noter la partition; en outre, par suite de l'harmonisation insuffisante de l'ensemble, l'équilibre manquait dans la partition; aussi ai-je abandonné le procédé que j'avais appliqué précédemment dans la Nuit de Mai, et je me suis mis à écrire Snegourotchka en brouillon, pour voix et piano. Dès lors la composition et la notation des morceaux composés avancèrent très rapidement, soit dans l'ordre des actes et des scènes, soit par bonds désordonnés.

Ayant pris l'habitude de dater l'achèvement de chaque esquisse, je reproduis ces dates ici:

Ier juin. L'introduction du prologue.

2. Le récitatif et l'air du Printemps.

3. La suite, jusqu'à la danse des oiseaux.

4. Le chant et la danse des oiseaux.

17. La suite, jusqu'à l'air de Snegourotchka.

18. L'air de Snegourotchka et la suite jusqu'à la semaine grasse.

20. Le cortège final de la fête grasse.

21. La fin du prologue.

25. Le Ier chant de Lel.

26. Introduction du Ier acte, 2e chant de Lel et le petit chœur.

27. La scène de Snegourotchka jusqu'aux chants de Lel.

28. La cérémonie nuptiale.

2 juillet. Le cortège du tzar et l'hymne des Berendeï.

3. L'appel des hérauts.

4. Scène de la cérémonie, nuptiale ainsi que celle du baiser du IIIe acte.

6. Le récitatif et la danse des bouffons.

7. Introduction du IIIe acte, la ronde et le chant du castor.

8. La suite et la 2e cavatine du tzar.

9. La scène du baiser (suite).

10. La scène de Snegourotchka, de Koupava et de Lel (IIIe acte).

11. Final en «si maj.» et l'ariozo de Snegourotchka.

12. Le chœur des fleurs (IVe acte).

13. Le Printemps descend dans le lac.

15. Le duo de Mizghir et de Snegourotchka (IVe acte).

17. Le final du Ier acte.

21. Le chœur des joueurs de «psaltérion».

22. La scène du jugement, jusqu'à l'entrée de Snegourotchka (IIe acte) et la Ire cavatine du tzar, jusqu'au chœur final.

23. L'entrée de Snegourotchka (IIe acte).

2-3 août. La scène de Snegourotchka et de Mizghir (IIIe acte).

5. Récitatif devant les hérauts (IIe acte).

7. Ier acte, après la cérémonie nuptiale jusqu'au finale.

9. La scène de Snegourotchka et du Printemps (IVe acte) et le cortège des Berendeï.

11. Les chœurs «Prosso» et la fonte de Snegourotchka.

12. Le chœur final.

Tout le brouillon de l'opéra fut terminé le 12 août. Dans les intervalles, quand les dates ne se suivent pas, je réfléchissais aux détails. Nulle de mes œuvres ne fut écrite auparavant avec autant de facilité et de rapidité que Snegourotchka.

Ayant terminé ce brouillon, je me suis mis à l'instrumentation de mon Conte, commencé l'été précédent, et je l'ai terminée. Vers le Ier septembre, ayant entièrement rédigé le brouillon de Snegourotchka et la partition du Conte, je rentrais avec ma famille à Saint-Pétersbourg, et ma vie dans la capitale reprit son train, avec mes occupations au Conservatoire, à l'École musicale Gratuite, à l'orchestre de la flotte, etc.

Ma principale occupation, durant la saison 1880-1881, a été l'orchestration de Snegourotchka. Je l'ai commencée le 7 septembre et terminée le 26 mars 1881. La partition comprenait 606 pages d'un texte serré. Cette fois, l'orchestre était plus grand que dans la Nuit de Mai. Je me suis affranchi de toute contrainte. 4 cors étaient chromatiques, 2 trompettes de même; la flûte piccolo était prise séparément entre 2 flûtes; au trombone fut ajouté le tuba; de temps en temps, apparaissait le petit cor anglais et une clarinette basse. Je n'ai pu me passer, ici non plus, de piano, en raison de la nécessité d'imiter le psalterion (procédé légué par Glinka). La connaissance que j'ai faite des instruments à vent à l'orchestre de la flotte m'a beaucoup servi. L'orchestre de Snegourotchka apparut comme le perfectionnement de l'orchestre de Rouslan (opéra de Glinka), au point de vue du libre emploi des cuivres chromatiques. Je pris beaucoup de soin de ne pas laisser dominer les chanteurs par l'orchestre, ce que je crois avoir réussi, sauf en ce qui concerne le chant du grand-père Gelé et du dernier récitatif de Mizghir, pour lesquels je dus diminuer la sonorité de l'orchestre.

En passant en revue la musique de Snegourotchka, je dois ajouter que je me suis beaucoup servi de chants populaires, en les empruntant principalement à mon recueil.

Le motif de la chanson: «Semaine grasse à la queue mouillée, va-t'en hors d'ici!» rappelle d'une façon sacrilège le requiem orthodoxe. Mais les vieilles mélodies des chants orthodoxes ne sont-elles pas d'origine païenne? Est-ce que nombre de cérémonies et de dogmes ne sont pas de la même source. Les fêtes de Pâques, de la Trinité, etc., ne sont-elles pas les restes du culte païen du soleil?

La cantilène de l'appel des hérauts m'est restée dans la mémoire depuis mon enfance, quand j'ai vu chevaucher, le long de la rivière Tikhvine, un envoyé d'un monastère voisin et qui criait d'une voix tonitruante: «P'tites tantes, p'tites mères, belles-filles, apportez du foin pour la Sainte Vierge.»

L'image miraculeuse de la Sainte Vierge de Tikhvine se trouvait à l'église du grand monastère de moines qui possédait des grandes prairies le long des rives de Tikhvine.

Certains chants d'oiseaux sont entrés dans la composition de la Danse des Oiseaux. Dans l'introduction, le chant du coq est également authentique. Il m'a été communiqué par ma femme:

notation musicale

L'un des motifs du Printemps (dans le prologue et au IVe acte):

notation musicale

est la reproduction absolument exacte du chant d'un serin qui vécut longtemps en cage chez nous; la seule différence est que notre serin le chantait en «Fis dur», «fa dièse maj.», tandis que je le pris d'un ton plus bas pour la commodité des flageolets de violon.

De cette façon, afin de répondre à mon état d'esprit panthéiste, j'écoutais les voix du peuple et de la nature et prenais pour base de ma création ce que l'un et l'autre chantaient ou me suggéraient. Aussi me suis-je attiré par la suite pas mal de reproches pour cette façon de procéder. Les critiques musicaux, ayant noté les deux ou trois mélodies empruntées, dans

Snegourotchka, ainsi que dans la Nuit de Mai, à des recueils de chants populaires (nombre parmi ces critiques en étaient même incapables puisqu'ils connaissent fort peu la création populaire), m'ont déclaré impuissants à créer des mélodies d'inspiration personnelle, bien qu'en réalité mes opéras contiennent un bien plus grand nombre de mes mélodies que d'emprunts aux recueils. Plusieurs des mélodies que je composais dans l'esprit populaire, notamment les trois chants de Lel, étaient considérées par les critiques comme empruntées et leur servaient de preuves de ma mauvaise conduite de compositeur.

A un moment, je pris la mouche à propos de l'une de ces attaques. Peu après la représentation de Snegourotchka et de l'exécution, par je ne sais plus qui, du 3e chant de Lel, M. Ivanov[23] remarqua en passant dans son article que ce morceau est écrit sur le thème populaire. J'ai répondu par une lettre à la rédaction, dans laquelle j'ai prié de m'indiquer le thème populaire qui avait servi à la mélodie du 3e chant de Lel. Il va sans dire qu'on ne me l'indiqua point.

Quant à la composition des mélodies d'origine populaire, il est certain qu'elles doivent contenir certaines tournures et accords parsemés dans les chants populaires originaux. Mais deux morceaux peuvent-ils se ressembler si aucune des parties composant l'une ne correspond à aucune des parties composant l'autre? Est-ce donc manque d'imagination chez l'auteur lorsqu'il utilise de courts motifs, comme par exemple, les complaintes de pâtres ou le gazouillis des oiseaux, etc.? Est-ce que la valeur du cri du coucou ou des trois notes jouées par le berger est égale à celle du chant et de la danse des oiseaux de l'introduction au Ier acte, ou du cortège des Berendeï au IVe acte? Ne reste-t-il donc rien à l'inspiration du compositeur pour créer les morceaux indiqués? L'arrangement des thèmes et des motifs populaires nous est légué par Glinka dans son Rouslan, sa Kamarinskaïa, ses ouvertures espagnoles, et, dans une certaine mesure, la Vie pour le Tzar. Accuserons-nous également Glinka de manque d'invention mélodique?

Par comparaison avec la Nuit de Mai, j'appliquais moins le contrepoint dans Snegourotchka; en revanche, je me suis senti plus libre dans celle-ci, tant en ce qui concerne le contrepoint que les ornements. J'estime que le fugato de la forêt grandissante (IIIe acte) avec le thème constamment varié notation musicale de même que le fugato à quatre voix du chœur «Il ne fut jamais souillé de traîtrise», de concert avec les lamentations de Koupava, sont, à ce point de vue, des exemples typiques.

Au point de vue harmonique, je crois avoir eu ici à innover; tel, par exemple, l'accord des six notes de la gamme en tons entiers, ou bien des deux tritons renforcés, quand l'esprit malin enlace Mizghir (il serait difficile de lui donner un nom en théorie), accord assez expressif pour le moment donné; ou bien encore l'application du seul triton majeur et du second accord dominant (également avec les tritons majeurs au-dessus) pendant presque toute l'étendue des lignes finales en l'honneur de Yarila-le-Soleil, en 11/4, ce qui donne à ce chœur un coloris particulièrement rayonnant.

J'ai usé largement du leitmotiv dans Snegourotchka. A cette époque, je connaissais peu Wagner, et ce que j'en savais était superficiel. Cependant, l'emploi du leitmotiv est constant dans la Pskovitaine et la Nuit de Mai et surtout dans Snegourotchka. Il est certain, d'autre part, que l'usage du leitmotiv est ici autre que chez Wagner. Chez lui, le leitmotiv sert de matière à tisser son tissu orchestral. Chez moi, en plus de ce même emploi, le leitmotiv apparaît également dans les voix chantantes et parfois entre dans le thème plus ou moins long, comme par exemple dans la principale mélodie de Snegourotchka, ainsi que dans le thème du tzar Berendeï. Parfois, les leitmotives apparaissent réellement comme des motifs rythmo-mélodiques, et d'autres fois, seulement comme des successions harmoniques; dans ce dernier cas, on devrait plutôt les appeler leit-harmonies. Ces harmonies directrices sont difficilement perçues par le grand public, qui saisit facilement le leitmotiv de Wagner, rappelant les violents signaux militaires. Par contre, la perception des successions harmoniques constitue le privilège d'une fine ouïe musicale, bien cultivée.

Je suis parvenu également à conquérir dans Snegourotchka la pleine liberté du récitatif, coulant harmonieusement et accompagné de telle façon que son exécution «a piacere» est possible le plus souvent. Je me souviens du bonheur que j'ai éprouvé, lorsque je suis parvenu à composer pour la première fois de ma vie un vrai récitatif: «l'Appel du printemps aux Oiseaux», avant la Danse.

Au point de vue vocal, je crois aussi avoir fait un grand progrès dans Snegourotchka. Toutes les parties vocales furent écrites commodément et dans une tessiture naturelle des voix, et, à certains moments de l'opéra, même d'un grand effet, comme par exemple, les chants de Lel et la cavatine du Tzar.

Quant à l'orchestration, je n'ai jamais manifesté de penchants à des effets qui ne sont pas déterminés par le fond même de l'œuvre musicale et j'ai toujours préféré des moyens simples. Incontestablement, l'orchestration de Snegourotchka a été pour moi un pas en avant sous bien des rapports, notamment, au point de vue de la force de la résonnance. Nulle part je n'avais réussi jusqu'alors à y parvenir aussi bien que dans le chœur final, et au point de vue du velouté et de la plénitude, dans la mélodie en «ré bém. maj.» de la scène du Baiser. Non moins réussis sont certains effets, tel que le trémolo de trois flûtes, lorsque le tzar dit: «A l'aurore rose, en couronne verte.» En général, j'ai toujours affectionné l'individualisation plus ou moins grande des instruments. Dans cette voie, Snegourotchka est riche en divers soli instrumentaux, tant instruments à vent qu'à cordes, dans les moments purement orchestraux, comme dans les accompagnements du chant. Les soli du violon, du violoncelle, de la flûte, du hautbois, de la clarinette s'y rencontrent très fréquemment, surtout le solo de la clarinette, instrument que j'affectionnais à cette époque.

En achevant Snegourotchka, je me suis senti un musicien mûri, un compositeur d'opéra définitivement équilibré.

Tout le monde ignorait la composition de Snegourotchka, car je la tenais en secret, et, lorsque, à mon retour à Saint-Pétersbourg, j'annonçais à mes amis la fin du brouillon de l'opéra, je les ai fort surpris. Je l'ai fait connaître à Balakirev, Borodine et Stassov, en leur jouant et leur chantant Snegourotchka, du commencement à la fin. Tous les trois furent satisfaits, mais chacun à sa façon. Stassov et Balakirev étaient attirés principalement par les parties réalistes et fantastiques de l'opéra; cependant, ni l'un ni l'autre ne comprirent l'hymne à Yarila. Quant à Borodine, il sembla apprécier l'ensemble de Snegourotchka. Chose curieuse, Balakirev ne put se retenir cette fois encore de me demander des modifications dans le sens exclusif de ses théories musicales. Mais j'ai tenu bon et, s'étant d'abord fâché, Balakirev finit par ne plus m'en tenir rigueur et continua à louer Snegourotchka, assurant même que, ayant joué chez lui le cortège final de la semaine grasse, sa vieille domestique, Maria, ne put se retenir pour ne pas danser. Cette nouvelle ne m'a pas fait un plaisir excessif; j'aurais préféré voir Balakirev apprécier la poésie de la jeune Snegourotchka, la beauté bonace et comique du tzar Berendeï, etc.

Moussorgsky ne connut mon œuvre qu'en extrait et ne sembla pas intéressé par l'ensemble. Il loua du bout des lèvres ce qu'il avait entendu, mais, en somme, resta indifférent à mon opéra. Au reste, il ne pouvait en être autrement. D'un côté, il avait l'orgueilleuse conviction que seule la voie suivie par lui dans la musique était juste, et de l'autre, la chute de ses facultés fit précipiter sa passion pour l'alcool.

LA MORT DE MOUSSORGSKY

(1881-1882).

PENDANT la saison 1880-81, l'École musicale Gratuite n'a donné qu'un seul concert. Parmi les pièces d'orchestre, j'ai exécuté mon Antar et le Carnaval de Rome de Berlioz. Parmi les morceaux de chœur, fut exécuté celui de Moussorgsky: la Défaite de Senaherib. L'auteur assista au concert et fut à plusieurs reprises rappelé par le public. Ce fut la dernière fois qu'une œuvre de lui fut exécutée de son vivant. Un mois après, il entra à l'hôpital en proie à un accès de delirium tremens. Il fut soigné par le Dr L. B. Bertenson.

Ayant appris sa maladie, Borodine, Stassov, moi et bien d'autres, allâmes visiter Moussorgsky. Ma femme et sa sœur, Mme Molas, vinrent le voir également. Il était très affaibli et ses cheveux avaient blanchi. Il nous reconnaissait, était heureux de nos visites, causait avec nous assez normalement, puis, soudain, commençait à divaguer. Cela dura une quinzaine de jours, et, le 16 mars, il expira dans la nuit, de la paralysie du cœur. Sa forte constitution a été complètement ruinée sous l'action de l'alcool. La veille encore, nous, ses proches amis, étions à son chevet et nous nous sommes longuement entretenus avec lui. Stassov et moi, nous nous sommes occupés de ses obsèques et il fut enterré à la Laure d'Alexandre Nevsky.

Après sa mort, tous ses manuscrits me furent remis pour leur mise en ordre, l'achèvement des œuvres commencées et de leur préparation pour l'édition. Pendant la maladie de Moussorgsky, Stassov insista pour la désignation d'un exécuteur testamentaire, afin qu'après sa mort ses parents ne mettent point d'obstacles à la publication de ses œuvres.

D'accord avec Moussorgsky, on choisit T. I. Filippov, parce que l'un des admirateurs désintéressés de Moussorgsky. Filippov entra aussitôt en rapport avec la maison d'édition Bessel qui consentit à éditer toutes les œuvres de Moussorgsky et dans le plus court délai possible, mais sans verser aucuns droits d'auteur. J'ai assumé la tâche d'achever toutes les œuvres de Moussorgsky pouvant être éditées et de les remettre à l'éditeur, également sans en toucher aucune rémunération.

Je fus occupé à ce travail durant près de deux ans. Moussorgsky a laissé le manuscrit de l'opéra Khovanstchina, inachevé et non orchestré; des esquisses de certaines parties de l'opéra, la Foire de Sorotchinetz, un assez grand nombre de romances, toutes achevées; les chœurs: la Défaite de Senaherib, Jésus de Nazareth, celui d'Œdip, des Jeunes filles de Salammbô puis la Nuit sur le Mont-Chauve en plusieurs variantes; pour orchestre: le Scherzo en «si bém. maj.»; l'intermezzo en «si min.» et la marche (trio alla turca) en «la bém. maj.». Diverses notations des chants, des esquisses de jeunesse, un Allegro en «ut maj.» des anciens temps, etc.

Tous ces manuscrits étaient dans un état fort désordonné. On y rencontrait des harmonies absurdes, un solfège monstrueux, des modulations d'un illogisme frappant, une instrumentation peu réussie, des morceaux orchestrés, le tout dénotant un dilettantisme effronté et une impuissance technique absolue. Malgré cela, ces productions manifestaient pour la plupart un si grand talent, une telle originalité et un caractère si nouveau que leur édition apparaissait comme indispensable. Elles exigeaient, toutefois, un arrangement, une coordination, sans quoi elles n'auraient qu'un intérêt purement biographique. Aussi, les œuvres de Moussorgsky pourront subsister sans se faner encore cinquante ans après sa mort. Quand toutes ses œuvres tomberont dans le domaine public, on pourra toujours tenter cette édition purement biographique, puisque j'ai remis tous ses manuscrits à la Bibliothèque Publique Impériale.

Pour l'instant, il s'agissait d'éditer ses œuvres pour qu'elles puissent être exécutées, afin de faire connaître l'immense talent de l'auteur, et non pour étudier sa personnalité artistique et ses défauts.

Je parlerai par la suite du travail que je consacrai pour mettre en état Khovantschina et la Nuit sur le Mont-Chauve.

Quant aux autres œuvres de Moussorgsky, je maintiens ce que je viens de dire, en ajoutant seulement que toutes ses œuvres, sauf des brouillons absolument inutilisables, furent entièrement revisées, parachevées, orchestrées et transposées pour piano par moi et, toutes copiées de ma main, transmises à Bessel qui les imprima sous ma rédaction et après ma correction des épreuves.

J'ai déjà dit que l'École musicale Gratuite n'a donné en cette saison qu'un seul concert, les autres ayant été supprimés en raison du deuil à la suite de l'assassinat de l'empereur Alexandre II. A l'avènement de l'empereur Alexandre III, des changements eurent lieu dans le monde administratif; entre autres, M. J. A. Vsevolojsky fut nommé directeur des Théâtres

Impériaux. Je fis savoir à la nouvelle direction que je venais d'achever mon opéra Snegourotchka. Je le jouai, au foyer du théâtre Marie, à Napravnik et aux artistes. Tous approuvèrent ma nouvelle œuvre, mais assez timidement. Napravnik garda le silence, puis finit par dire que mon opéra ne saurait avoir de succès, en raison de l'absence d'action; toutefois, il ne s'opposa pas à sa représentation. L'opéra fut accepté par le nouveau directeur pour la saison suivante, avec l'évidente intention d'inaugurer d'une façon brillante sa nouvelle direction.

Les interventions constantes de Balakirev dans les affaires de l'École musicale Gratuite sont devenues vers cette époque plus gênantes encore pour moi. Il me semblait,—et je ne crois pas m'être trompé,—qu'il aurait voulu assurer lui-même sa direction. Étant, d'autre part, très pris par les œuvres de Moussorgsky et envisageant la prochaine représentation de Snegourotchka, je résolus de me démettre de ma fonction de directeur de l'École Gratuite, motivant ma démission par la raison que je viens d'exposer. Au premier moment, Balakirev s'irrita contre moi, disant que je le forçais ainsi de s'occuper de l'École. Je répondis que c'était fort à souhaiter. L'administration de l'École me remit à cette occasion une adresse de remerciements et se tourna vers Balakirev. Il accepta, et pendant quelques années, il se remit à la musique active.

En décembre, commencèrent les répétitions orchestrales de Snegourotchka. Napravnik insista pour y faire d'assez nombreuses coupures. J'eus beaucoup de peine de défendre l'intégrité de la Semaine grasse et du Chœur de Fleurs. En revanche, l'ariette de Snegourotchka (en «sol min.») au Ier acte, l'ariette de Koupava, la 2e cavatine du tzar et bien d'autres petits morceaux furent élagués au cours de tout l'opéra. Le finale du Ier acte fut également défiguré. Rien à faire! Il fallait s'y soumettre. Aucun engagement écrit n'interdisait ces coupures à la direction. Les décors étaient prêts, les notes copiées aux frais de la direction, et d'ailleurs, où aurais-je pu monter mon opéra, sinon sur la scène du théâtre impérial? J'ai eu pour la première fois à envisager cette question de coupure. La Pskovitaine et la Nuit de Mai étaient des œuvres relativement courtes et la question de coupure ne fut point agitée; si on en a fait dans la Nuit de Mai, ce ne fut que durant les dernières représentations. Snegourotchka était effectivement longue et les entr'actes, suivant les traditions, duraient beaucoup au théâtre impérial. On prétendait que cette durée était déterminée par le bénéfice qu'en tirait le buffet théâtral. Cependant, il n'était pas admis de prolonger le spectacle après minuit. Je ne pouvais donc rien faire contre.

Snegourotchka fut donné pour la première fois le 29 janvier 1882. Nadedjda Nicolaïevna, qui avait accouché le 13 janvier, ne s'était pas encore levée et fut au désespoir de ne pouvoir assister à la première représentation de mon opéra. Je fus par suite défavorablement impressionné et, après avoir bu plus qu'à l'ordinaire à dîner, je suis arrivé au théâtre, taciturne et presque indifférent à tout ce qui s'y passait. Je me tenais dans la loge du régisseur et n'écoutais point mon œuvre, mais mon opéra eut du succès, je fus honoré de plusieurs appels et gratifié d'une belle couronne.

Pour la deuxième représentation, ma femme put se lever et, entourée de beaucoup de précautions, elle se rendit au théâtre. J'étais de belle humeur. L'opéra continuait à plaire. Le public applaudissait, particulièrement la cavatine de Berendeï et le 3e chant de Lel. On bissait également l'hymne des Berendeï, le Ier chant de Lel et l'air de Snegourotchka, au prologue. Ces répétitions des morceaux et la longueur outrée des entr'actes (celui qui précédait le 4e acte durait jusqu'à quarante minutes) faisaient retarder le spectacle jusqu'à minuit.

Suivant son habitude, la critique traita peu sympathiquement Snegourotchka. Manque d'action, insuffisance d'invention mélodique, résultant de mon penchant aux emprunts des chants populaires, dons plutôt de symphoniste que de compositeur d'opéra, tels furent les reproches dont les critiques des journaux m'accablèrent. César Cui fit chorus avec les autres, en observant toutefois un peu plus de tenue. On n'a pas omis non plus de se servir du procédé habituel d'abaisser la valeur de l'œuvre présente au profit des précédentes, lesquelles au moment de la représentation n'étaient pas moins critiquées. Je dois dire, toutefois, que les appréciations des critiques m'impressionnèrent peu, seule la conduite de Cui m'irrita.

Au premier concert de cette saison à l'École Gratuite, Balakirev dirigea l'orchestre, et il fut loin de me paraître aussi prestigieux chef d'orchestre que jadis. Mais il eut du succès devant le public, heureux de son retour à l'activité musicale.

Sacha Glazounov, qui ne cessait de faire de rapides progrès, a terminé vers cette époque sa Ire symphonie en «mi maj.» qu'il me dédia. Le 17 mars, au deuxième concert de notre École, elle fut exécutée sous la direction de Balakirev. Ce fut là réellement une grande fête pour nous tous, membres de la nouvelle école russe.

Jeune par l'inspiration, mais déjà mûre par la technique, cette symphonie eut un grand succès. Stassov fut bruyant. Le public fut surpris, lorsqu'à ses appels, l'auteur vint le saluer en uniforme de collégien. Les critiques n'ont pas manqué de se faire entendre. Des caricatures représentèrent Glazounov sous l'aspect d'un nourrisson. Les commérages assuraient que la symphonie n'avait pas été écrite par lui, mais par «quelqu'un de connu», payé d'une somme rondelette par les parents fortunés du signataire. En réalité, cette symphonie fut la première d'une série de productions d'un artiste le plus fortement doué et le plus fécond, productions qui, peu à peu, furent connues dans toute l'Europe et demeurent encore parmi les meilleures de la littérature musicale moderne.

Au cours du même concert, fut exécuté mon Sadko; mais Balakirev l'a tout bonnement abîmé. Au moment du passage à la deuxième partie, il indiqua un changement de temps à une mesure plus tôt. Une partie des instruments attaquèrent, d'autres non, et il s'ensuivit un méli-mélo inextricable. Depuis ce temps, Balakirev abandonna pour toujours son habitude de diriger sans notes.

Je fis la connaissance d'un tout jeune musicien de talent, Blumenfeld, qui, pendant cette saison, entra au Conservatoire comme élève du professeur Stein.

Il fréquenta notre maison où se réunissaient régulièrement Borodine, Liadov, Vassili Stassov, Glazounov et le baryton Ilyinsky et sa femme. Vers la même époque, notre cercle fut fréquenté par Hippolitov-Ivanov, qui venait de quitter au Conservatoire la classe des théories de composition, et qui avait été l'un de mes élèves donnant le plus d'espoir comme futur compositeur. Il épousa la talentueuse cantatrice Zaroudnaïa, et tous deux sont devenus, par la suite, professeurs du Conservatoire de Moscou. Cui n'apparaissait que fort rarement parmi nous. Balakirev venait un peu plus souvent, mais se retirait de bonne heure. Après son départ, tout le monde respirait plus librement et chacun exécutait ses nouvelles œuvres.

Pendant les dernières années, j'ai eu également pour élèves, dans la classe du Conservatoire, Arensky et Kazatchenko, le premier devenu par la suite célèbre compositeur, le deuxième, également compositeur et chef du chœur à l'Opéra Impérial. Tous deux m'ont aidé pendant mon travail de transposition de Snegourotchka pour piano et voix.

Dans l'intervalle de mes travaux de révision des œuvres de Moussorgsky, j'ai reinstrumenté en partie l'ouverture et les entr'actes de la Pskovitaine en substituant aux cors et trompettes naturels les mêmes instruments, mais chromatiques. Ces numéros furent supprimés dans la deuxième rédaction de la Pskovitaine, d'abord parce que j'ai perdu tout espoir de faire monter cet opéra, et ensuite, parce que j'étais mécontent de cette seconde rédaction. Pendant la première rédaction, j'ai souffert de l'insuffisance de mon savoir, pendant la deuxième, de l'excès de savoir et de l'inhabileté dans la direction. Je sentais que la deuxième rédaction devait être ramassée et retravaillée, que la rédaction définitive de la Pskovitaine se trouvait quelque part entre la première et la deuxième rédactions et que je n'étais pas encore apte à la trouver. Cependant, les numéros instrumentaux de la deuxième rédaction présentaient un certain intérêt; c'est pourquoi je les ai arrangés de la façon que j'ai dite.

L'été de 1882, nous l'avons de nouveau passé à notre cher Stelovo; le temps y était généralement beau, quoiqu'orageux. Je m'adonnais entièrement à l'arrangement de la Khovanstchina. Il y avait bien des choses à refaire et à recomposer; je trouvais pas mal de choses inutiles ou hideuses et faisant longueur aux Ier et 2e actes. Au 5e acte, au contraire, il manquait une grande partie et le reste était à peine indiqué. Le chœur des Raskolniki avec le coup de cloche avant qu'ils montent sur le bûcher pour se faire brûler, était écrit en quarto et quinto; je dus entièrement le refaire, car il était absolument impossible dans son état primitif. Pour le dernier chœur, existait seulement la notation d'une mélodie, inscrite d'après les chants des Raskolniki, par Mme Karmalina et communiquée par elle à Moussorgsky. Utilisant cette mélodie, je composais le chœur en entier, de même que la figure orchestrale qui accompagne le bûcher prenant feu. Pour l'un des monologues de Dossithé, au 5e acte, je me suis servi de la musique extraite du Ier acte. Les variations du chant de Marpha, au 3e acte, furent sensiblement modifiées et retravaillées par moi.

J'ai déjà dit que Moussorgsky, souvent licencieux dans ses modulations, n'arrivait pas, au contraire, à sortir durant un long temps de la même et unique tonalité, ce qui rendait l'œuvre extrêmement molle et monotone. Dans le cas présent, dans la deuxième partie du 3e acte, depuis l'entrée du sacristain jusqu'à la fin de l'acte, l'auteur demeure dans la tonalité «mi bém. min.» C'était insupportable et illogique, car tous ces morceaux se divisaient indiscutablement en deux parties: la scène du sacristain et l'appel des Streltzi au vieux Khovansky. J'ai conservé la première partie dans sa tonalité de «mi bém. min.», comme cela est indiqué dans l'original, et j'ai transposé la deuxième en ré min. Il s'ensuivit plus de variété et plus de logique.

La partie de l'opéra qui avait été instrumentée par l'auteur fut réorchestrée par moi, et j'espère mieux que lui. Tout le reste fut également instrumenté et transposé par moi. Mon travail sur la rédaction de Khovantchina ne put être achevé à la fin de l'été et j'y travaillai encore à mon retour à Saint-Pétersbourg.

Avant de rentrer, je composai la musique de Antchar de Pouschkine, pour basse. Je ne fus pas très satisfait de cette œuvre et elle resta reléguée dans mes tiroirs jusqu'en 1897. Pendant l'hiver de 1882-83, je continuai à reviser Khovantchina et les autres œuvres de Moussorgsky. Seule la Nuit sur le Mont-Chauve me donnait du mal. Créée primitivement pendant les années soixante, sous l'influence de la danse macabre de Liszt pour piano avec accompagnement d'orchestre, cette pièce (qui s'appelait alors la Nuit d'Ivan et qui fut sévèrement et justement critiquée par Balakirev) avait été pendant longtemps abandonnée par l'auteur et demeurait parmi ses inachevées. Lors de la création de Mlada (sur les paroles de Guédéonov), Moussorgsky utilisa la matière de la Nuit d'Ivan, et, en y introduisant des chants, écrivit la scène de Tchernobog sur la Montagne Triglava. C'était le deuxième aspect de la même pièce. Elle prit un troisième aspect lors de la rédaction de la Foire de Sorotchinetz, lorsque Moussorgsky eut l'idée baroque de forcer le jeune gars de voir en rêve, sans rime ni raison, l'orgie des diables et qui devait composer un intermezzo scénique, n'ayant cependant aucun lien avec l'ensemble du scénario. Cette fois, la pièce se terminait par le carillon de l'église villageoise, au son duquel les forces impures, effrayées, disparaissaient. L'accalmie et l'apparition du jour ont été construites sur le thème du jeune gars à qui apparut ce rêve fantastique. En travaillant sur cette pièce, j'ai utilisé la dernière variante pour la conclusion de l'œuvre. Le premier aspect de la pièce était donc un solo pour piano et orchestre, les deuxième et troisième, une œuvre vocale et non orchestrée.

Aucune de ces variantes ne pouvait être exécutée et publiée. J'ai donc résolu d'écrire avec la matière fournie par Moussorgsky une pièce instrumentale, en gardant tout ce qu'il y avait de meilleur et de coordonné chez l'auteur et en évitant autant que possible d'y ajouter mes propres compositions. Il convenait de créer une forme où seraient logées le mieux les idées de Moussorgsky. Le problème était assez difficile, et j'ai mis deux ans pour trouver la solution satisfaisante, tandis que je suis venu à bout de ses autres œuvres d'une façon relativement facile. Je m'arrêtais constamment devant la recherche de la forme, des modulations, de l'orchestration, alors que mon travail de rédaction de toutes les autres productions de mon défunt ami avançait. De même avançait leur édition chez Bessel.

Parmi mes œuvres écrites durant cette saison, je mentionnerai le concerto pour piano en «ut dièse min.» sur un thème russe, choisi sur le conseil de Balakirev. Suivant les procédés employés, mon concerto imitait en quelque sorte les concertos de Liszt. Il possédait une belle résonance et n'était pas moins satisfaisant au point de vue de la facture, ce qui a bien étonné Balakirev. Il ne s'attendait nullement de me voir, moi qui n'étais pas pianiste, pouvoir composer quelque chose exclusivement pour piano.

Pendant cette saison, fut exécutée enfin, au concert de l'École musicale Gratuite, la fameuse Thamar de Balakirev. C'est une œuvre belle, intéressante, mais qui paraît un peu lourde et comme cousue de morceaux disparates. Elle ne produisit plus cette séduction qu'avaient les improvisations de l'auteur des années soixante. Il ne pouvait en être autrement: la composition de cette pièce dura quinze ans, avec de longs intervalles. En quinze ans, tout l'organisme humain change jusqu'à la dernière cellule et se renouvelle plusieurs fois. Balakirev des années quatre-vingts, n'était plus le Balakirev des années soixante.

[Dans le chapitre suivant, consacré aux années 1883 à 1886, Rimsky-Korsakov note des souvenirs qui ont moins d'intérêt pour le lecteur français que pour les compatriotes de l'auteur. Toutefois, pour la continuité du récit et l'intelligence des chapitres qui suivent, il convient de rappeler les principaux faits qui marquent la vie musicale de Rimsky-Korsakov des années 1883-1886.

Ici se place tout d'abord la nomination de Balakirev comme chef et de Rimsky-Korsakov comme chef-adjoint de la Chapelle[24] de la Cour. En même temps, Rimsky-Korsakov dut abandonner son poste d'inspecteur des chœurs du ministère de la Marine.

Précédemment, l'auteur de Ma vie musicale fit la connaissance de M. Belaïev, un amateur passionné de musique, qui avait institué chez lui des soirées musicales qui acquirent bientôt une certaine renommée sous la dénomination des «Vendredis de Belaïev». Nombre de musiciens connus s'y réunissaient, notamment Rimsky-Korsakov, Borodine, Glazounov, Liadov, Dutch, Félix Blumenfeld et son frère Sigismond, etc. Par la suite, y apparut également le fameux violoniste Verjbilovitch.

Disposant d'une certaine fortune, M. P. Belaïev fonda, à l'intention de ses amis, une maison d'édition à Leipzig et fut le premier éditeur des œuvres musicales qui versa des droits d'auteur aux compositeurs. Il organisa également des concerts publics, afin de faire connaître les nouvelles œuvres de ses amis compositeurs, et particulièrement celles du jeune Glazounov qu'il affectionnait plus que les autres.

Ces concerts occasionnels organisés par Belaïev suggérèrent à Rimsky-Korsakov l'idée de les rendre plus réguliers. Il fit part de son projet à Belaïev et il fut convenu qu'on donnerait chaque année quelques concerts consacrés exclusivement aux œuvres russes et qu'on leur donnerait le titre de Concerts russes symphoniques. La direction en fut confiée à Rimsky-Korsakov et à Dutch.

E. H.-K.]

LES CONCERTS RUSSES SYMPHONIQUES

(1886-1888)

LE projet de créer les «Concerts Russes Symphoniques» fut réalisé pendant la saison 1886-87. Belaïev en a donné quatre, le 15, le 22, le 29 octobre et le 5 novembre, à la salle Kononov. Je dirigeais le premier et le troisième, et Dutch le deuxième et le quatrième. Les auditeurs n'étaient pas très nombreux, mais en quantité suffisante, et les concerts eurent un succès moral, sinon matériel. Je réussis particulièrement à donner une bonne impression de la symphonie en «mi bém. maj.» de Borodine, que j'avais étudiée avec grand soin en en surveillant toutes les nuances, souvent très fines. L'auteur en montra une grande joie.

La difficile Nuit sur le Mont-Chauve fut enfin terminée par moi pour le concert de cette saison. Elle fut donnée dès le premier concert avec un succès éclatant. J'ai dû seulement remplacer le tam-tam par une cloche. J'avais éprouvé celle-ci dans la boutique au moment de l'achat, mais, par suite de changement de température, elle détonna dans la salle.

Ayant achevé ma troisième symphonie et ayant pris de l'intérêt à la technique du violon que j'ai étudiée de près au Conservatoire dans la classe d'instruments, j'eus l'idée de composer un morceau de virtuose pour violon avec orchestre.

Je composai une fantaisie sur deux thèmes russes et je l'ai dédiée à Krasnokoutsky, professeur de violon à la Chapelle de la Cour et à qui j'étais redevable d'indications sur la technique du violon. J'ai répété cette fantaisie avec l'orchestre des élèves de la Chapelle de la Cour qui, depuis que Balakirev et moi nous en avons pris la direction, ont fait de grands progrès.

Satisfait de ma pièce, j'eus l'idée d'écrire un autre morceau de virtuose pour violon sur des thèmes espagnols; mais ayant écrit un brouillon, j'ai abandonné cette idée, me réservant d'écrire plus tard une pièce d'orchestre avec une instrumentation de pure virtuosité.

Je rappelle, enfin, en passant l'exécution d'un quatuor sur le thème B-la-F[25], pour le jour de la fête de Belaïev, qui fut célébrée au milieu de l'affluence de ses nombreux amis et accompagnée de libations herculéennes. On sait que la première partie de ce quatuor est de moi; la sérénade, de Borodine; le scherzo, de Liadov et le finale, de Glazounov. La pièce fut jouée avant le dîner, et le héros de la fête fut tout heureux de la surprise que nous lui avons ménagée.

Le 16 février 1887, de grand matin, je suis réveillé par l'arrivée inopinée de Vassili Stassov. Il était tout bouleversé.

—Borodine est mort, me dit-il d'une voix émue.

L'auteur du Prince Igor expira la veille, tard dans la soirée, soudainement. Sa femme, Catherine Sergueïevna, passait cet hiver à Moscou. Il va sans dire que cette mort nous a frappés tous par sa soudaineté. Nous pensâmes aussitôt à l'opéra inachevé le Prince Igor et aux autres œuvres laissées par le défunt, également inédites. Accompagné de Stassov, je me suis rendu aussitôt à l'appartement de Borodine et j'ai emporté chez moi tous ses manuscrits musicaux.

Après l'enterrement de Borodine, qui eut lieu au cimetière du couvent Alexandre Nevsky, j'ai examiné avec Glazounov ces manuscrits, et tous deux nous avons décidé de parachever, d'instrumenter, de mettre en ordre et de préparer pour l'édition tout l'héritage musical de Borodine. Belaïev s'est chargé de l'édition.

Le Prince Igor nous intéressait avant tout. Certains de ses numéros étaient terminés et orchestrés par l'auteur. Ce furent: le Ier chœur, la danse des Polovtzi, les lamentations des Yaroslavna, le récitatif et le chant de Vladimir Galitzky, l'air de Kontchak, l'air de la Kontchakovna et celui du prince Vladimir Igorovitch, ainsi que le chœur final. D'autres morceaux demeuraient sous forme d'esquisses achevées pour piano; enfin, le reste ne subsistait qu'en brouillons inachevés, sans parler de nombreuses lacunes; ainsi, il n'existait point pour les 2e et 3e actes de livret, ni même de scénario; çà et là, étaient seulement notés quelques vers, accompagnés d'accords musicaux sans liens entre eux. Heureusement, je me souvenais du contenu de ces deux actes d'après les conversations que j'ai eues à ce sujet avec Borodine, bien qu'il ne fut pas très ferme dans ses intentions. Le 3e acte manquait particulièrement de musique.

Il fut donc entendu, entre Glazounov et moi, qu'il composerait tout ce qui manque dans le 3e acte et noterait, d'après nos souvenirs, l'ouverture que l'auteur nous avait jouée à maintes reprises; quant à moi, j'assumais l'orchestration de l'ensemble, la composition de tout ce qui manquait et la coordination des morceaux non achevés par Borodine.

Nous nous mîmes au travail au printemps, en nous communiquant nos impressions et en nous consultant sur tous les détails.

Parmi les autres œuvres de Borodine, une place à part était occupée par les deux parties d'une symphonie inachevée. Nous pouvions faire état, pour la première partie, d'un exposé des thèmes non notés, mais que Glazounov connaissait par cœur; pour la deuxième partie, nous avons utilisé le scherzo à cinq fractions pour un quarto de cordes sans trio, noté par Borodine et qu'il avait destiné à l'un des morceaux de son opéra.

Parmi les concerts de la saison 1886-87, je parlerai de celui donné par l'École Gratuite, sous la direction de Balakirev et en souvenir de Liszt, mort pendant l'été de 1886. La façon de diriger l'orchestre de Balakirev ne produisait plus sur nous la même attraction que jadis, comme je l'ai déjà fait remarquer. Qui de nous a changé, qui a progressé? Balakirev ou nous? Je crois bien que c'est nous. Nous avons appris bien des choses, nous avons écouté, étudié, tandis que Balakirev est demeuré invariable, s'il n'a reculé plutôt.

Pendant les années soixante et soixante-dix, le cercle de Balakirev dominait, étant lui-même sous le règne absolu du maître; puis le cercle se libéra peu à peu de l'absolutisme de son chef, et ses membres reprirent plus d'indépendance. Ce cercle, qui avait reçu le surnom ironique de «bande puissante», était composé de Balakirev, Cui, Borodine, Moussorgsky et moi; plus tard, s'y sont joints Liadov et, dans une certaine mesure, Lodyjensky.

Je place à part Vassili Stassov, bien que membre à vie du même cercle, comme n'étant pas un musicien créateur.

A partir des années quatre-vingts, notre cercle n'était plus celui de Balakirev, mais celui de Belaïev. Le premier s'était groupé autour de Balakirev, parce que celui-ci était notre doyen et maître. Le deuxième se massait autour de Belaïev, parce que celui-ci était notre Mécène, notre organisateur de concerts et amphytrion. Moussorgsky avait disparu et, en 1887, Borodine le suivit dans la tombe. Lodyjensky entra dans la diplomatie, fut envoyé dans les pays slaves et abandonna complètement la musique. Cui, tout en maintenant des rapports amicaux avec le cercle Belaïev, se tenait à distance, maintenait davantage des relations avec les musiciens français et belges, par l'intermédiaire de la comtesse Argento. Quant à Balakirev, comme chef de son ancien cercle, il n'admettait aucun rapport avec le cercle Belaïev, le méprisant sans doute. Son attitude envers Belaïev lui-même était plus que froide, par suite du refus de celui-ci de subventionner les concerts de l'École Gratuite et de certains malentendus dans les affaires d'édition. Balakirev finit bientôt par manifester envers Belaïev une franche animosité qui engloba tout notre cercle et, à partir de 1890, tous rapports entre Balakirev et nous ont cessé. Les relations entre Balakirev et Cui devinrent également lointaines. Seul, je l'approchais, en raison de notre service commun à la chapelle de la Cour.

La «bande puissante» s'est donc désagrégée irrémédiablement. Le seul lien qui demeurait encore entre Balakirev et quelques-uns de ses nouveaux amis et le cercle de Belaïev était Borodine, Liadov et moi, et, après la mort de Borodine, nous n'étions plus que deux.

Dans la seconde moitié des années quatre-vingts, le cercle de Belaïev était composé: en plus de ma personne, de Glazounov, Liadov, Dutch, Félix Blumenfeld et son frère Sigismond (chanteur de talent et compositeur de romances); puis, à mesure de l'achèvement de leurs études au Conservatoire, Sokolov, Antipov, Witol et d'autres dont je parlerai par la suite. Le vénérable Stassov conservait des excellents rapports avec les membres du nouveau cercle, mais son influence était bien moindre que dans le cercle de Balakirev.

Le cercle de Belaïev prenait-il la suite de celui de Balakirev? Y avait-il entre eux quelque ressemblance, et quelle était la différence en dehors du changement de sa composition avec le temps? La ressemblance, indiquant la succession immédiate, était dans ce fait que l'un et l'autre marchaient à l'avant-garde des tendances musicales. La différence était marquée par le fait que le cercle de Balakirev était contemporain à la période de la tempête soulevée pendant le développement de la musique russe, tandis que le cercle de Belaïev s'était formé pendant la phase de calme développement de l'école russe. La période Balakirev était révolutionnaire; celle de Belaïev, progressiste. Le cercle de Balakirev était composé, en dehors de Lodijensky, qui n'a rien donné, et de Liadov qui y est entré très tard, de cinq membres: Balakirev, Cui, Moussorgsky et moi. (Les Français nous nomment jusqu'à présent «les cinq».)

Le cercle de Belaïev était nombreux et s'agrandissait de plus en plus. Tous les cinq membres du premier cercle furent reconnus par la suite pour les représentants saillants de la musique russe. Le deuxième cercle fut très varié par sa composition. Il y avait des compositeurs de grand talent, et aussi de moins doués, voire de non-créateurs, mais des chefs d'orchestre, comme Dutch ou des solistes comme Lavrov. Le cercle de Belaïev comprenait des musiciens faibles par la technique, presque des amateurs, qui se frayaient la voie exclusivement par la force créatrice, qui suppléait parfois à la technique et, d'autres fois, comme chez Moussorgsky, insuffisante pour masquer le manque de technique. Le cercle de Balakirev jugeait la musique intéressante seulement à partir de Beethoven; le cercle de Belaïev professait du respect non seulement pour ses pères musicaux, mais pour ses grands-pères et ses aïeux, en remontant jusqu'à Palestrina. Le cercle de Balakirev admettait presque exclusivement l'orchestre, le piano, le chœur et les voix de solo avec orchestre, négligeant la musique de chambre, l'ensemble vocal, le chœur a capella, et le solo de cordes; le cercle de Belaïev avait sur ces diverses formes musicales des vues plus larges. Le cercle de Balakirev était exclusif et intolérant, celui de Belaïev plus éclectique. Le cercle de Balakirev n'admettait point d'études techniques, mais se frayait la voie en comptant sur ses propres forces, y réussissait et obtenait un certain acquis; le cercle de

Belaïev poursuivait ses études, accordant une grande importance au perfectionnement technique et il se frayait la voie plus lentement, mais plus solidement. Le cercle de Balakirev haïssait Wagner et faisait tout pour l'ignorer; le cercle de Belaïev lui accordait de l'attention, avec le désir de tout connaître.

L'attitude des membres du premier cercle envers son chef était celle des élèves à l'égard de leur maître et frère aîné, attitude respectueuse qui s'affaiblissait à mesure que les jeunes mûrissaient. Belaïev n'était point chef de son cercle, mais plutôt le centre. Comment a-t-il pu devenir ce centre? C'était un riche commerçant, un peu capricieux, mais honnête, bon, franc, jusqu'à la brutalité, parfois d'une tendre sensibilité et d'une large hospitalité. Mais ce ne sont point ses qualités d'amphytrion qui furent cause de son attraction. Outre la sympathie qu'il inspirait comme homme, il était grandement estimé en raison de sa passion et de son dévouement pour la musique. Ayant pris goût pour la nouvelle école russe à la suite de la connaissance qu'il a faite du talent de Glazounov, il s'adonna tout entier à la propagande des œuvres de cette musique. Il en fut le protecteur, mais pas en grand seigneur qui jette l'argent suivant ses caprices et sans aucun résultat utile. Certes, s'il n'avait point été riche, il n'aurait pu faire pour l'art ce qu'il a fait; mais il se plaça dès le début sur un terrain ferme et poursuivit un noble but.

Il se fit organisateur de concerts et éditeur d'œuvres musicales sans escompter de profits pour lui, dépensant, au contraire, beaucoup d'argent, tout en laissant dans l'ombre son nom. Les «Concerts symphoniques russes», fondés par lui, sont devenus une institution dont l'existence fut assurée pour toujours, et la maison d'édition Belaïev-Leipzig est devenue la plus connue et la plus respectée des maisons européennes de ce genre et dont l'existence est également assurée pour l'éternité.

Par la force des choses, je suis devenu le chef purement musical du cercle de Belaïev. Je fus reconnu pour tel par Belaïev lui-même, qui me consultait en toute occasion et renvoyait à moi les autres membres du cercle. Plus jeune que lui, je fus le plus âgé de nos autres membres et je fus aussi l'ancien professeur de la plupart parmi eux, qui ont achevé leurs études au Conservatoire sous ma direction, ou bien se formèrent à mon école.

Glazounov ne fut pas longtemps mon élève et devint bientôt mon camarade cadet. Liadov, Dutch, Sokolov, Witol et les autres, après avoir été au Conservatoire élèves de la classe de Johansen, sont devenus les miens pour l'étude de l'instrumentation et de la composition. Plus tard, je commençais à conduire mes élèves depuis l'harmonie; notamment Tchérépnine, Zolotarev et d'autres furent entièrement mes élèves. Au début de la formation du cercle de Belaïev, ses jeunes membres m'apportaient leurs nouvelles productions et prenaient note de ma critique et de mes conseils. Ne possédant point le despotisme de Balakirev, ou, tout simplement, étant plus éclectique, je tâchais de les influencer de moins en moins, à mesure qu'ils devenaient des créateurs indépendants, et j'étais heureux de la conquête de cette indépendance par mes anciens élèves.

Au courant des années quatre-vingt-dix, Glazounov et Liadov partagèrent avec moi la direction du cercle, et nous formâmes, après la mort de Belaïev et en vertu de son testament, un conseil de direction, devant s'occuper des affaires d'édition, des concerts, etc.

Nous avons passé l'été de 1887 dans une propriété située au bord d'un lac du district de Louga. Pendant tous ces mois de vacances, j'ai travaillé avec zèle à l'orchestration du Prince Igor et j'ai beaucoup avancé mon travail. Pendant quelque temps, je l'ai interrompu pour écrire le Caprice espagnol, fait avec les esquisses de la fantaisie pour violon que j'avais projetée. D'après mes calculs, le Caprice devait briller par la virtuosité orchestrale, et je pus me convaincre par la suite que j'ai assez bien réalisé mes intentions. Mon arrangement du Prince Igor avançait également avec aisance et un résultat évidemment heureux.

Mon service m'appelant de temps à autre à Peterhof et y couchant généralement chez les Glazounov, qui y passaient l'été, je m'entretenais avec mon ami de notre travail de rédaction du Prince Igor. Ce travail se poursuivit durant la saison 1887-1888, et l'œuvre d'orchestration nécessita de plus la transposition pour piano avec chant, en harmonie exacte avec la partition. Ce travail fut assumé par moi, Glazounov, Dutch, ma femme et les deux Blumenfeld. La partition et la transposition étaient éditées par Belaïev.

Les «Concerts symphoniques russes» furent donnés cette saison, au nombre de cinq, au Petit-Théâtre. Par suite de l'indisposition de Dutch, je les ai dirigés à sa place. Le premier concert fut consacré à la mémoire de Borodine et composé de ses œuvres. J'y ai fait exécuter pour la première fois la marche des Polovtzi, du Prince Igor, instrumenté par moi, qui produisit beaucoup d'effet. Après l'exécution de ces numéros, j'eus l'honneur d'être gratifié d'une grande couronne de laurier portant l'inscription: «Pour Borodine.» Durant le même concert, fut également exécutée pour la première fois l'ouverture du Prince Igor et les deux parties de sa symphonie inachevée en «la min.».

A l'un des concerts suivants, fut exécuté mon Caprice espagnol. Dès la première répétition, et à peine fut achevée sa première partie, que tout l'orchestre se mit à applaudir. Le même accueil fut réservé à tous les autres morceaux de cette œuvre. Je proposai à l'orchestre de lui dédier cette pièce et ma proposition fut acceptée avec plaisir. De fait, le Caprice s'exécutait avec aisance et avec une brillante sonorité. Devant le public, il était joué avec une telle perfection et un tel entraînement que jamais plus tard, même sous la direction du fameux chef Nikisch, il ne produisit autant d'effet. On l'a bissé malgré sa longueur.

L'opinion, répandue parmi les critiques et le public, que le Caprice est d'une orchestration parfaite, est erronée. C'est en réalité une brillante composition pour orchestre. La succession des timbres, un choix heureux des dessins mélodiques et des arabesques figurales, correspondant à chaque catégorie d'instruments, des petites cadences de virtuosité pour instruments solo, le rythme des instruments à percussion, etc., constitue ici le fond même du morceau, et non sa parure, c'est-à-dire l'orchestration.

Les thèmes espagnols, d'un caractère principalement dansant, m'ont fourni une riche matière pour divers effets orchestraux. En somme, le Caprice a incontestablement un caractère extérieur, mais il est de forme animée et brillante. Je fus moins bien inspiré dans sa 3e partie (Alborado «si bém. maj.»), où les instruments de cuivre étouffent quelque peu les dessins mélodiques des bois à vent. C'est à quoi il est du reste facile à remédier, si le chef d'orchestre y porte attention et modère les nuances de force des instruments en cuivre, en remplaçant le «fortissimo» par le «forte».

Au milieu de l'hiver, tout en m'occupant du Prince Igor, j'eus l'idée d'écrire une pièce orchestrale en empruntant le sujet à des épisodes de Shéhérazade. Ayant déjà écrit quelque esquisse préliminaire pour ce travail, je suis parti avec ma famille pour habiter une propriété aux environs de Louga. Là, durant ces mois estivaux de 1888, j'ai terminé Shéhérazade (en 4 parties) et la Sainte Fête, ouverture dominicale. J'y ai composé en outre une mazurka pour violon, avec accompagnement d'un petit orchestre, sur deux thèmes polonais que j'avais entendue chanter à ma mère et qu'elle avait rapporté de Pologne, alors que mon père était gouverneur de la Volynie. Ces thèmes m'étaient familiers depuis mon enfance et je me promettais depuis longtemps de les utiliser pour une composition.

Le Caprice espagnol, Shéhérazade et l'Ouverture dominicale terminent la période de mon activité à la fin de laquelle mon orchestration a atteint un degré sensible de virtuosité et de sonorité, en dehors de l'influence wagnérienne, et limitée à la composition d'un orchestre ordinaire de Glinka.

Ces trois œuvres indiquent également une diminution notable de procédés de contrepoints, déjà remarquée après la composition de Snegourotchka. Le contrepoint fait place au fort développement de toutes sortes d'ornements qui soutiennent l'intérêt technique de mes œuvres. Cette tendance dure chez moi plusieurs années encore. Quant à l'orchestration, après les œuvres que je viens de nommer un changement se remarque dont le caractère sera indiqué par la suite.

LA REPRÉSENTATION DE L'ANNEAU DES NIEBELUNGEN

(1888-1892)

DURANT la saison 1888-1889, la direction des théâtres impériaux commença à nous berner à propos de la représentation du Prince Igor, dont la partition était entièrement terminée, éditée et remise à l'administration du théâtre. On ne monta pas non plus, je ne sais trop pourquoi, cet opéra pendant la saison suivante.

Cependant, la saison présente de la vie musicale de Saint-Pétersbourg fut marquée par un grand événement: l'imprésario de Prague, Neimann, amena une troupe de l'opéra allemand et fit représenter au théâtre Marie l'Anneau des Niebelungen, de Wagner, sous la direction du chef d'orchestre Muck. Tout le monde musical de Saint-Pétersbourg en fut excessivement intéressé. Accompagné de Glazounov, j'ai assisté à toutes les répétitions, en les suivant sur la partition. Muck était un excellent chef d'orchestre, étudiait Wagner avec soin, tandis que l'orchestre de notre opéra y mettait tout son zèle et étonnait Muck de sa faculté de saisir au vol et de s'assimiler rapidement toutes ses indications.

Le procédé d'orchestration de Wagner me frappa autant que Glazounov, et depuis ce temps, nous l'avons graduellement adopté dans nos arrangements orchestraux. La première application de ce procédé et le renforcement de l'orchestre dans la partie des instruments à vent, fut mon orchestration de la «Polonaise» de Boris Godounov, faite pour l'exécution au concert.

Au point de vue orchestral, cette «Polonaise» présente le moins réussi des morceaux de l'opéra de Moussorgsky. Elle fut orchestrée par lui une première fois, pour la représentation de l'acte polonais, en 1873, presque exclusivement à l'intention des instruments à cordes. Moussorgsky avait eu la malheureuse pensée d'imiter les «vingt-quatre violons du roi», autrement dit l'orchestre du temps du compositeur français Lulli. Il n'y avait aucun rapport entre l'orchestre de Lulli et le temps de Dimitri l'Imposteur et de la Pologne d'alors. Ce fut le fait d'une des singularités de Moussorgsky. La «Polonaise» exécutée dans Boris à la «vingt-quatre violons du roi» ne produisait aucun effet, et l'année après, l'auteur la réorchestra pour la représentation de l'opéra entier. Mais cette fois encore rien de bon n'en sortit. Pourtant, la musique de la «Polonaise» avait du caractère et était jolie. C'est pourquoi j'entrepris d'en faire une pièce pour concert, d'autant plus que Boris n'était plus au répertoire. Je me suis arrêté un instant à ce travail peu important, parce que je lui attribue la pensée de ma première étude dans ce nouveau domaine de l'orchestration dans lequel je me suis engagé depuis.

Le cycle des Niebelungen fut donné pour plusieurs spectacles d'abonnement, mais sans lendemain, car le wagnérisme n'a pas encore fait pousser ses racines dans le public, plutôt bourgeois, contrairement à ce qui est arrivé par la suite, à la fin de la décade de 90.

Les «Concerts symphoniques russes» furent transportés pendant cette saison dans la salle des Assemblées de la noblesse. On en donna six. La Shéhérazade et l'Ouverture dominicale y furent exécutées avec succès. Glazounov y fit ses débuts de chef d'orchestre, exécutant ses propres compositions. Ses débuts dans cette voie ne furent pas brillants. Lent et lourd dans ses mouvements, parlant bas, il montrait peu de capacité pour conduire les répétitions, autant que pour faire valoir ses qualités sur l'orchestre pendant le concert. Néanmoins, la valeur de ses œuvres s'imposait à l'orchestre, et celui-ci montrait, pour lui faciliter la tâche, beaucoup de bonne volonté. Avec le temps, Glazounov prit de l'acquis et, finalement, son incomparable musicalité le transforma en quelques années en parfait exécuteur, tant de ses propres œuvres que de celles des autres, à quoi, d'ailleurs, l'autorité grandissante de son nom aida beaucoup. En débutant comme chef d'orchestre, il fut pourtant plus heureux que moi sous ce rapport. Il connaissait l'orchestration mieux que moi lors de mes débuts, et, de plus, il avait en moi un conseilleur. Moi, je n'avais personne pour m'aider de ses conseils.

En 1889, eut lieu à Paris l'Exposition universelle. Belaïev eut l'idée d'y organiser deux concerts symphoniques, consacrés à la musique russe et sous ma direction. Après s'être entendu avec qui de droit, il organisa le voyage et m'invita, ainsi que Glazounov et le pianiste Lavrov, à l'accompagner à Paris. Nous avons laissé nos enfants sous la surveillance de ma mère, à la campagne, et ma femme m'accompagna à Paris.

Les concerts devaient être donnés au Trocadéro, les deux samedis des 22 et 29 juin, nouveau style. Dès notre arrivée à Paris, commencèrent les répétitions. L'orchestre de Colonne était parfait, tous ses artistes aimables et zélés. L'exécution publique fut excellente, et le succès couronna nos efforts. Mais le public fut peu nombreux, malgré le temps de l'exposition et l'énorme affluence des étrangers.

La cause directe de cette abstention du public fut sans aucun doute dans l'insuffisance de la réclame. Le public aime la réclame, alors que Belaïev en était ennemi. Pendant que des réclames de toutes sortes s'étalaient sur tous les murs, étaient criées par les camelots, ou portées sur le dos des hommes-sandwichs, ou imprimées en gros caractères dans les journaux, Belaïev s'était borné à des avis discrets. D'après lui, quiconque s'intéresse à la musique, apprendra notre arrivée et se rendra au concert; qui ne le saura pas, ne s'y intéresse pas. Quant au public qui vient par désœuvrement, nous n'avons pas à nous en soucier. Avec de telles idées, on ne pouvait s'attendre à l'affluence du grand public. Belaïev dépensa beaucoup d'argent, ce qu'il ne regretta d'ailleurs pas. Il n'empêche que la musique russe n'attira pas l'attention de l'Europe et de Paris dans la mesure voulue, ce qui ne fut certes pas dans les intentions de Belaïev.

Outre cette cause immédiate du succès incomplet de nos concerts, il y en avait une autre, plus profonde: le peu d'importance que les étrangers attribuaient à la musique russe. Le grand public n'est pas en mesure d'adopter, sans une certaine préparation, un art inconnu; il accueille seulement ce qui est connu ou est à la mode. De ce cercle vicieux, l'art peut être délivré par une réclame outrancière et par des artistes populaires. Nous n'avions ni l'une, ni les autres. Personnellement, j'ai tiré pourtant de nos concerts donnés à l'Exposition un résultat pratique: je fus invité pour l'année suivante à Bruxelles. Il est vrai que la propagande qui avait été faite en Belgique par la comtesse Argento ne fut pas étrangère à ce résultat.

Entre temps, nous visitâmes l'Exposition; on organisa également des dîners en notre honneur, chez Colonne et à la rédaction d'un journal, où après le dîner, une vieille et grosse chanteuse d'opérettes chanta mon Caprice et Stegnka Razine, pendant que Pugno et Messager les jouaient au piano, à quatre mains. Nous fûmes également invités à une soirée chez le ministre des Beaux-Arts, où nous rencontrâmes, entre autres, Massenet, la cantatrice Sanderson et l'antique Ambroise Thomas.

Parmi les musiciens dont nous fîmes connaissance à Paris, je nommerai Delibes, Mme Holmès, Bourgault-Ducoudray, Pugno et Messager. Nous avons fait la connaissance également de Michel Delines, qui a traduit par la suite Eugène Oneguine Tchaïkovsky, et mon Sadko.

Delibes faisait l'impression d'un homme simplement aimable, Massenet d'un rusé renard; la compositrice Holmès était une personne très décolletée; Pugno, un parfait pianiste et un merveilleux lecteur de notes; Bourgault-Ducoudray, intelligent et sérieux; Messager n'avait rien d'accentué. Saint-Saëns était alors absent de Paris.

Les impressions musicales que j'ai remportées de Paris, je les ai reçues, en entendant le jeu des orchestres hongrois et algériens, dans les cafés de l'Exposition. L'exécution virtuose par l'orchestre hongrois de morceaux où entrait la flûte de Pan, me suggéra l'idée d'introduire cet antique instrument dans Mlada, pendant la scène de danse chez la reine Cléopâtre. D'autre part, en contemplant la danse de la fillette au poignard, au café algérien, je fus séduit par les coups soudains donnés sur le grand tambour par un nègre, à l'approche de la danseuse. J'ai introduit également cet effet dans la scène de Cléopâtre.

Les concerts terminés, je me suis séparé de mes camarades et, en compagnie de ma femme, je repris le chemin de la Russie, en passant par Vienne, Lucerne, Zurich et Salsbourg, où j'ai visité la maison de Mozart.

Au commencement de juillet, nous étions de retour auprès de nos enfants. Je me suis mis aussitôt à ma Mlada. L'impulsion à cet effet fut donnée en dernier lieu par la pensée d'introduire dans l'orchestre, pour la scène de la danse de Cléopâtre, des flûtes de Pan, des lyres glissando, le grand tambour, des petites clarinettes, etc.

L'esquisse de Mlada avança rapidement et fut terminée vers le commencement de septembre. Il est vrai de dire que les idées musicales de Mlada ont déjà commencé à mûrir dans mon cerveau depuis le printemps, mais tout de même, la notation coordonnée de l'ensemble et l'élaboration des détails ne furent pas suffisamment rapides cette fois. Je le dois d'abord à la grande concision du texte que je n'avais pas su développer, d'où une certaine faiblesse du mouvement scénique de l'opéra. Ensuite, le système wagnérien de leitmotives accéléra beaucoup ma composition. Enfin, l'absence de l'écriture contrepointique facilita énormément mon travail. En revanche, mes intentions orchestrales furent neuves et ingénieuses, à la façon wagnérienne. Le travail de la partition était énorme et m'a pris toute une année.

J'ai commencé l'orchestration de Mlada par le 3e acte. Ayant terminé cet acte, je l'ai inscrit au programme des «Concerts symphoniques russes». Les musiciens du régiment de Finlande jouèrent en employant les flûtes de Pan et les élèves de l'orchestre les petites clarinettes. Les flûtes de Pan furent fabriquées d'après mes indications et leur glissando n'étonna pas peu les auditeurs. En somme, mes initiatives orchestrales réussirent; les changements des coloris fantastiques d'outre-tombe, le vol des ombres, l'apparition de Mlada, celle, sinistre, de Tchernobog, la bacchanale orientale de Cléopâtre firent une forte impression. Je fus satisfait du nouveau courant qui s'insinua dans mon orchestration. Bref, ma rédaction de la partition de Mlada avançait heureusement, bien que le Conservatoire, la chapelle de la Cour et les «Concerts symphoniques russes» me prissent beaucoup de temps.

Pendant les semaines du carême, j'ai reçu de Bruxelles une invitation à venir diriger deux concerts de musique russe. J'appris par la suite que cette invitation fut déterminée par l'abandon par Joseph Dupont, chef d'orchestre des concerts symphoniques à Bruxelles, de la direction de ces concerts durant cette saison. On décida de faire venir des musiciens étrangers. Outre l'invitation qu'on m'adressa, on invita également Édouard Grieg, Hans Richter et quelques autres.

Je fus très aimablement accueilli à Bruxelles. Joseph Dupont, qui a simplement abandonné la direction des concerts, mais s'intéressait toujours à leur organisation, me seconda de toute façon. Je fis la connaissance des célébrités musicales de la Belgique, de l'antique Gevaërt, d'Edgard Tinel, de Huberty, de Radou, etc. Tout le monde m'invitait, régalait.

Parmi les morceaux donnés durant les deux concerts, je citerai entre autres la Ire symphonie de Borodine, Antar et le Caprice espagnol, l'introduction et entr'actes du Flibustier de César Cui, le Poème lyrique de Glazounov, l'ouverture de Rouslan, l'Ouverture russe de Balakirev et la Nuit sur le Mont-Chauve.

Les répétitions avaient lieu dans la salle et les concerts au théâtre de la Monnaie. Lors de l'exécution publique, le théâtre fut comble et le succès très grand. Les musiciens belges sont venus de tous les points du pays.

J'eus l'occasion d'entendre à Bruxelles le Vaisseau Fantôme, ainsi que le jeu de Gevaërt sur le clavecin et de faire la connaissance de «oboe d'amore». Les Belges ont pris congé de moi très amicalement.

Le 19 décembre 1890, 25º anniversaire de l'exécution de ma Ire symphonie, mes camarades décidèrent de fêter les vingt-cinq années de ma vie musicale. Belaïev organisa un concert de mes œuvres sous la direction de Dutch et de Glazounov. Au programme étaient la Ire symphonie, Antar, le concerto pour piano, l'Ouverture dominicale. On exécuta également des «glorifications» en mon honneur, composées par Glazounov et Liadov.

Le public était assez nombreux; nombreux aussi les rappels, les couronnes, les cadeaux, les discours, etc. Des délégations sont venues m'apporter des adresses.

Je fus félicité par la direction du Conservatoire, avec, à sa tête, Antoine Rubinstein; par Balakirev et la chapelle de la Cour, etc. J'ai donné un dîner à cette occasion, auquel j'ai invité tous mes amis. Seul Balakirev n'accepta point l'invitation, en raison d'une légère discussion que nous avons eue juste après les félicitations qu'il m'avait apportées. Lorsque je vins l'inviter au dîner, il répondit avec dureté qu'il refusait absolument. Depuis cette date, nos relations empirèrent jusqu'à se dénouer complètement par la suite.

En 1891, Tchaïkovsky a séjourné assez longtemps à Saint-Pétersbourg et, à partir de cette époque, il noua des relations assez étroites avec le cercle de Belaïev, principalement avec Glazounov, Liadov et moi. Les années suivantes, ses séjours à Saint-Pétersbourg devinrent assez fréquents. Il passait d'assez longues heures au restaurant avec Liadov, Glazounov et les autres, et absorbait quantité de verres de vin, sans que cela influençât en aucune façon sur sa présence d'esprit. Un nouvel habitué de ces réunions apparut: Laroche[26]. J'évitais autant que possible Laroche et, au surplus, je fréquentais rarement le restaurant, et quand j'y venais, je me retirais de bonne heure.

A partir de cette époque, l'attitude des membres du cercle de Belaïev devint assez froide et même quelque peu hostile envers le souvenir de la «bande puissante» de Balakirev. Au contraire, la vénération pour Tchaïkovsky et la tendance vers l'éclectisme y grandit de plus en plus. D'autre part, se manifesta un penchant vers la musique franco-italienne du temps des perruques, apporté par Tchaïkovsky dans son opéra la Dame de pique et, plus tard, dans sa Yolande. D'ailleurs, de nouveaux éléments se joignirent au cercle de Belaïev. Nouveau temps, nouveaux oiseaux; nouveaux oiseaux, nouvelles chansons.

Le 23 octobre 1890, fut enfin représenté le Prince Igor, étudié assez bien par le chef d'orchestre Koutchera, car Napravnik refusa l'honneur de diriger l'opéra de Borodine. Nous fûmes assez contents, Glazounov et moi, de notre orchestration et de nos adjonctions. Malheureusement les coupures, faites par la suite dans le 3e acte sur l'initiative de la direction, ont beaucoup nui à l'opéra. Le sans-gêne du théâtre Marie alla même, à la fin, jusqu'à la suppression du 3e acte en entier. Malgré tout, l'œuvre de Borodine eut un grand succès et suscita d'ardents admirateurs, surtout parmi la jeunesse.

Pendant l'un des Concerts symphoniques russes, fut exécuté le 3e acte de ma Mlada. Édité par Belaïev, cet opéra-ballet fut soumis au directeur des théâtres impériaux Vsevolojsky, qui consentit aussitôt à le monter, intéressé surtout qu'il était par son côté décoratif. Il accepta toutes mes conditions: ne pas y pratiquer de coupures, commander tous les instruments musicaux indiqués et observer fidèlement toutes mes indications d'auteur.

Au printemps 1891, je me suis mis à la Pskovitaine. Sa première rédaction, datant de ma jeunesse, ne me satisfaisait point; la deuxième, moins encore.

J'ai décidé de retravailler mon opéra sans trop m'éloigner de sa première rédaction, sans élargir son étendue et d'y remplacer ce qui ne me satisfaisait point par les morceaux correspondants de ma deuxième rédaction. Parmi ces emprunts, je citerai en premier lieu la scène d'Olga avec Vlasievna, avant l'entrée du cortège du tzar Ivan; Terpigorev, de la deuxième rédaction, ainsi que Nikola Salos et le Chemineau, furent entièrement supprimés. L'Orage et la Chasse tzarienne devaient être conservés, mais seulement sous forme de tableaux scéniques, avant le chœur en sol maj. de jeunes filles. L'entretien du tzar avec Stiocha devait entrer dans ma nouvelle rédaction, tandis que je laissais sans changement le chœur final primitif, dans l'unique intention de le développer quelque peu. Toute l'orchestration de la deuxième rédaction, avec ses cuivres naturels, était condamnée, et l'orchestration de l'opéra devait se faire sur des bases nouvelles, en partie selon la formule orchestrale de Glinka et, en d'autres parties, selon celle de Wagner.

OCCUPATIONS ESTHÉTIQUES ET PHILOSOPHIQUES

(1892-1893).

JE passais avec ma famille l'été de 1892 à Niejgovitzi, propriété où je revenais avec plaisir depuis plusieurs années. Il me restait, de la nouvelle rédaction de la Pskovitaine, à refaire l'ouverture et le chœur final, ce que j'ai accompli durant les trois ou quatre semaines de mon séjour à la campagne. J'y ai travaillé avec peu d'entrain, ressentant une forte fatigue et comme une certaine répulsion pour ma besogne. Mais, grâce à l'habitude prise, la réfection réussit assez et l'idée d'ajouter à la conclusion du chœur final «des accords d'Olga» fut assez heureuse.

Je laissai le chœur dans son ancienne rédaction mi bém. maj. et je transposai l'ouverture en sol min.; j'ai entièrement réorchestré et modifié la fin, en remplaçant les dissonances barbares de la première rédaction par une musique plus convenable.

Je me pressais de terminer la Pskovitaine, parce que j'étais à ce moment obsédé par l'idée d'écrire une grande étude et même un livre sur la musique russe et les œuvres de Borodine, Moussorgsky et de moi. Si étrange que cela paraisse, l'idée de faire la critique de mes propres œuvres me hantait constamment. Je m'y suis mis.

Mais mon étude devait être précédée d'une vaste introduction contenant des principes généraux d'esthétique, auxquels j'aurais pu me référer par la suite. Je rédigeai assez vite cette introduction; mais je m'aperçus aussitôt qu'elle contenait bien des lacunes, et je la détruisis.

Je résolus de lire d'abord les œuvres des autres sur cette matière. J'ai lu: De la beauté en musique de Hanslik; Les frontières de la musique et de la poésie de Ambros et la biographie des grands compositeurs, par Lamarre.

En lisant Hanslik, je m'irritais contre cet écrivain paradoxal et peu spirituel. Cette lecture m'incita de me remettre à mon étude. Je me mis à l'écrire, mais avec un développement plus grand encore qu'auparavant.

Je m'étendis sur l'esthétique générale et j'examinai tous les arts. Des divers arts, je devais passer à la musique, et d'elle à la nouvelle musique russe en particulier.

En travaillant ainsi, je sentis qu'il me manquait non seulement une instruction philosophique et esthétique, mais même les connaissances les plus usuelles de cette science. J'ai abandonné de nouveau mon travail, et je me suis mis à la lecture de la philosophie de Lews. Entre mes lectures, j'ai écrit de petits articles sur Glinka et Mozart, sur l'art du chef d'orchestre et sur l'instruction musicale. Tout cela était assez peu mûri et lourd. En lisant Lews, j'en copiai des passages concernant les doctrines philosophiques qu'il passait en revue et je notai en même temps mes propres pensées.

Je songeais des journées entières à ces sujets, en tournant et retournant mes pensées désordonnées. Et voici qu'un bon matin, à la fin du mois d'août, je ressentis une extrême lassitude, accompagnée d'un afflux sanguin au cerveau et d'une confusion dans les pensées. J'en fus fort impressionné, au point que j'en perdis l'appétit. Lorsque je fis part de ce malaise à ma femme, elle s'empressa naturellement de me conseiller l'abandon de toutes mes occupations. Je suivis ses conseils, et, jusqu'à notre retour à Saint-Pétersbourg, je n'ai plus ouvert un livre, me promenant des journées entières et évitant de demeurer seul; car lorsque je restais seul, des idées fixes me poursuivaient. Je songeais à la religion et à ma réconciliation avec Balakirev. Cependant, le repos intellectuel et les promenades ont produit leur effet et je suis rentré à Saint-Pétersbourg, relativement équilibré. Toutefois, je n'avais plus de goût pour la musique et l'idée des études philosophiques continua à m'obséder.

Malgré les conseils contraires du Dr Bogomolov, je continuai à me passionner pour la lecture. Je compulsai toutes sortes de traités, les œuvres de Herbert Spencer, celles de Spinoza, les traités esthétiques de Guyot et de Hennequin, des histoires de la philosophie, etc. Il ne se passait presque pas de jours sans que j'achetasse un nouveau bouquin; je les lisais et je sautais de l'un à l'autre, en en couvrant les marges de mes remarques et en rédigeant des notes.

J'eus l'idée d'écrire un grand ouvrage sur l'esthétique musicale. Je laissai de côté pour l'instant la musique russe. Mais au lieu de traiter l'esthétique physique, je m'enfonçai dans l'esthétique générale, par crainte de commencer d'une façon trop élémentaire. Mais voici que des phénomènes désagréables se mirent à apparaître dans ma tête: des afflux ou des reflux sanguins, des étourdissements, ou bien de la pesanteur et de l'oppression. Ces sensations, qui s'accompagnaient de diverses idées obsédantes, m'effrayaient.

Pourtant, j'en fus distrait quelque peu par les préparatifs de la représentation de Mlada, sur la scène du Théâtre Marie. On commença à étudier très énergiquement mon opéra dès le commencement de la saison et je fus invité à suivre les répétitions. Déjà en septembre, les chœurs chantaient bien; la seule difficulté qui se présentait ce fut d'apprendre par cœur le chœur du sacrifice du 4e acte, à cause du changement constant de sa mesure (8/4, 7/4, 5/4, etc.). Napravnik chercha à m'intimider par la circonstance que les chœurs, malgré toute leur bonne volonté, ne parviendront pas à se souvenir de ce morceau. Il arriva, en effet, qu'à l'une des répétitions, l'un des meilleurs choristes perdit le fil et entraîna dans la fausse voie les autres. Napravnik fit grand cas de cet accident. Mais les maîtres du chœur, Pomazansky et Kazatchenko m'assurèrent que Napravnik exagérait et qu'il était parfaitement possible de chanter le chœur sans notes. La chose se vérifia par la suite, ce dont je n'ai jamais douté d'ailleurs.

La répétition générale ne se passa pas sans accrocs, quant à la mise en scène. Ainsi, au 4e acte, les ombres fuyaient au lieu de disparaître, car l'obscurité ne fut pas suffisante. La partie musicale fut exécutée normalement. Le théâtre était rempli, mais aucune approbation ne partit de la salle.

On devait donner, après la répétition générale, une autre, à laquelle devaient assister l'Empereur et la famille impériale. Mais l'Empereur n'est pas venu, et la répétition a eu un caractère d'étude avec des arrêts et des recommencements.

La première représentation eut lieu le 20 octobre, en dehors des jours d'abonnement. La salle fut pleine. J'occupais avec ma famille une loge au Ier étage. Le monde musical fut au complet. Après une assez bonne exécution de l'introduction, quelques applaudissements éclatèrent. Le Ier acte eut un accueil assez froid. Le rôle de Voïslasva était chanté par Sonki; Mikhaïlov, qui interprétait Yaromir, était très souffrant et faisait beaucoup d'efforts pour tenir son rôle jusqu'au bout, afin de ne point remettre la représentation. Après le deuxième acte, des rappels bruyants demandaient l'auteur. Je suis monté à différentes reprises sur la scène et on m'a présenté une volumineuse couronne. Les rappels se répétèrent avec plus d'insistance encore après le 3e acte et à la fin de l'opéra. Des félicitations habituelles dans les coulisses furent particulièrement chaleureuses.

La deuxième représentation de Mlada fut remise par suite de la maladie de Mikhaïlov. Enfin, après un assez long intervalle, elle fut donnée successivement pour les abonnés des trois séries, mais avec le même insuccès. Après un nouveau délai assez long, on l'a redonné à deux reprises, hors des jours d'abonnements, et cette fois avec un succès éclatant.

La plupart des appréciations de journaux furent défavorables, voire hostiles à mon nouvel opéra. Entre autres, Soloviev me gratifia, selon son habitude d'un éreintement formel. La maladie de Mikhaïlov fut attribuée par nombre de journaux, notamment par le Novoïé Vremia, aux prétendues difficultés du rôle de Yaromir. Une revue satirique m'a représenté assez drôlement, me faisant monter à califourchon sur des diables.

Indifférent à l'art, le public des jours d'abonnement, endormi et prétentieux, allant au théâtre par tradition, pour y échanger les cancans mondains et s'entretenir de tout, sauf de la musique, s'ennuyait fortement à mon opéra. Le public ordinaire s'y intéressa et je n'ai pu deviner la raison de la représentation de mon opéra devant lui deux fois seulement. Peut-être la cause en est à ce que les chanteurs y ont eu peu de succès; le peu d'intérêt qu'y a montré la Cour, n'a pas été également sans action. L'Impératrice et ses enfants sont seuls venus à la représentation de Mlada. On disait aussi que mon opéra n'a pas plu au ministre de la Cour, et cela influe beaucoup sur la direction du théâtre. Enfin, les articles des journaux ont rabaissé au possible la valeur de Mlada aux yeux du public. Tout cela eut pour résultat de répandre cette opinion que Mlada était une œuvre faible, opinion qui, sans doute, persistera longtemps, et je n'attends plus de revirement en faveur de mon opéra dans un avenir prochain, et peut-être ne se produira-t-il jamais.

LA MORT DE TCHAÏKOVSKY

(1893-1895.)

TCHAÏKOVSKY est mort à l'automne 1893. A peine quelques jours avant sa fin, il a dirigé l'exécution de sa 6e symphonie. Je me souviens de lui avoir demandé à l'entr'acte, après la symphonie, s'il possédait le programme de cette œuvre. Il me répondit affirmativement, mais désirait ne pas le faire connaître. Je ne le vis que cette fois pendant son dernier voyage à Saint-Pétersbourg. Peu de jours après, le bruit circulait qu'il était gravement malade, et une foule de ses amis et admirateurs venait prendre de ses nouvelles plusieurs fois par jour. Sa mort émut tout le monde.

Après ses funérailles, sa 6e symphonie fut de nouveau exécutée, au concert, sous la direction de Napravnik. Cette fois, le public lui fit un accueil enthousiaste, et depuis, la renommée de ce morceau s'est répandue de plus en plus dans toute la Russie et en Europe. Pour expliquer ce revirement, on prétendait qu'on le devait à l'interprétation de la symphonie par Napravnik, tandis que Tchaïkovsky, n'étant pas un chef d'orchestre habile, ne sut le faire quand elle fut exécutée pour la première fois sous sa direction.

Il me semble que c'est là une erreur. La symphonie a été exécutée dans la perfection par Napravnik, mais elle le fut également bien par l'auteur. Au début, le public ne l'a pas comprise tout simplement et n'y prêta pas suffisamment d'attention, comme quelques années auparavant, il n'a pas compris la 5e symphonie de Tchaïkovsky. Je présume que la mort soudaine de l'auteur a attiré l'attention sur lui, de même que les on-dit qui circulaient sur son pressentiment de sa mort prochaine; en même temps, les dispositions sombres de la dernière partie de la symphonie ont suscité les sympathies du public pour cette œuvre, belle réellement, d'où sa soudaine notoriété.

Les «Concerts symphoniques russes» se sont imposés pour devoir de donner le premier concert de cette saison en souvenir de Tchaïkovsky. Ce fut la principale raison de mon désir de reprendre la direction de ces concerts. Celui consacré à Tchaïkovsky fut donné le 30 novembre, sous ma direction et avec la participation de Félix Blumenfeld.

Ayant repris la direction des Concerts Symphoniques, j'ai résolu d'autre part de me démettre de mes fonctions de chef de la chapelle de la Cour. J'avais déjà droit à une retraite suffisante et, d'autre part, je n'avais pas envie d'avoir affaire à Balakirev, car nos relations sont devenues fort peu agréables.

Vers cette époque, a commencé l'impression de ma nouvelle partition de la Pskovitaine, éditée par Bessel. Les concerts, l'abandon de la chapelle de la Cour, la correction des épreuves de la Pskovitaine, tout cela détourna mon attention de mes occupations, infructueuses et peu favorables à ma santé, dans le domaine de la philosophie et de l'esthétique. L'envie me vint d'écrire un nouvel opéra. La mort de Tchaïkovsky libérait, pour ainsi dire, le sujet de la Nuit de Noël de Gogol, sujet qui m'attirait depuis longtemps. L'opéra qu'avait écrit Tchaïkovsky sur ce sujet, était faible à mon sens, malgré plusieurs belles pages musicales qu'il contenait. Quant au livret de Polonsky[27] dont il s'était servi, il ne valait rien. Du vivant de Tchaïkovsky, je m'abstenais de traiter ce sujet pour ne pas lui faire de la peine. Maintenant, je n'avais plus la même raison de m'abstenir, et j'en avais bien le droit au point de vue moral.

Au printemps de 1894, je commençai à rédiger personnellement le livret, en suivant fidèlement Gogol. Mon penchant pour les dieux et les diables slaves, et pour le mythe d'adoration du soleil s'était enraciné en moi depuis la composition de la Nuit de Mai et, surtout, de Snegourotchka; il se manifeste aussi dans Mlada. J'ai utilisé tout ce qui se trouvait chez Gogol et qui flattait mon penchant: les Koliadas[28], le jeu de cache-cache entre étoiles, l'envol des fers à repasser et des balais, la rencontre avec la sorcière. Ayant lu, d'autre part, les Conceptions poétiques des Slaves d'Afanasisev, où l'auteur fait ressortir les liens entre la fête chrétienne de la Noël et la naissance du Soleil après le solstice, j'eus l'idée d'introduire ces anciennes croyances dans la vie ukrainienne, décrite par Gogol dans sa nouvelle. De cette façon, mon livret suivait fidèlement le récit de Gogol, sans en excepter même la langue, et contenait en même temps, dans sa partie fantastique, bien des choses imaginées par moi.

Pour moi et pour ceux qui tiennent à me comprendre, ce lien est visible; le public ne l'a pas aperçu du tout. Ma passion pour les mythes et le fait de les avoir mêlés au récit de Gogol peuvent être considérées comme une erreur de moi; mais cette erreur m'a fourni la possibilité d'écrire une musique intéressante. Quoi qu'il en soit, la Nuit de Noël marqua une nouvelle phase dans mon activité musicale.

Vers le mois de mai, nous sommes allés habiter, pour la saison d'été, la propriété Vetchascha, dans le district de Louga. C'est un charmant endroit:

il y a là un lac merveilleux, un grand jardin, aux arbres séculaires. La maison est d'une construction lourde, mais très logeable; il y a aussi un excellent endroit pour la baignade. La lune et les étoiles se mirent poétiquement dans le lac; quantité d'oiseaux; au loin, une belle forêt.

J'avais commencé le 2e tableau de la Nuit de Noël à Saint-Pétersbourg, et la composition avançait rapidement ici, si bien qu'à la fin de l'été, tout l'opéra, sauf le dernier tableau, fut achevé.

Dans les intervalles de ce travail absorbant, je réfléchissais au sujet d'un autre opéra, celui de l'antique légende de Sadko. J'avais en vue d'utiliser, comme leitmotiv pour ce nouvel opéra, mon poème symphonique. Il va sans dire que la composition de la Nuit de Noël m'occupa avant tout; mais entre temps, des pensées musicales pour Sadko naissaient dans mon cerveau.

A mon retour à Saint-Pétersbourg, j'ai parachevé en peu de temps le brouillon de la Nuit de Noël et je me suis mis à son instrumentation. Belaïev consentit d'éditer mon opéra et, à mesure que je les écrivais, les feuilles de partition étaient envoyées à la gravure, à Leipzig. Tout ce travail, y compris l'instrumentation, dura un an environ.

En automne, est mort Antoine Rubinstein. Les funérailles furent très imposantes. Le cercueil fut placé à la cathédrale d'Ismaïl; les représentants du monde musical veillèrent le corps jour et nuit. Liadov et moi y fûmes de service de 2 à 3 heures de la nuit. Nous assistâmes alors à une apparition assez impressionnante: au milieu de l'obscurité de la cathédrale, apparut la silhouette toute endeuillée de Malozémova, venue pour s'incliner devant les restes de son adoré Rubinstein. Ce fut quelque peu fantastique.

Pendant la saison 1894-95, l'impression de la Nuit de Noël avançait rapidement, et j'ai fait connaître l'existence de mon opéra au directeur des Théâtres Impériaux Vsevolojsky. Il exigea la présentation du livret à la censure dramatique et exprima le doute qu'il puisse recevoir le visa de la censure, en raison de la présence, parmi les personnages, de l'impératrice Catherine II. Connaissant les exigences de la censure, je n'ai pas mentionné le nom de l'Impératrice, en appelant le personnage simplement tzarine, et la ville de Saint-Pétersbourg, la capitale. Il me semblait donc que la censure devait avoir toute satisfaction: les tzarines ne sont pas rares dans les opéras. Au reste, la Nuit de Noël était un conte et la tzarine y apparaissait comme un personnage fabuleux.

J'ai donc présenté le livret sous cette forme, à la censure dramatique, parfaitement convaincu qu'il serait autorisé; si j'avais quelques craintes, c'était plutôt à propos de la présence parmi les personnages de celui du diacre. Je me suis lourdement trompé. Les censeurs ont énergiquement refusé de laisser le 7e tableau de l'opéra, la scène chez la tzarine, en vertu de l'ukase impérial de 1837, suivant lequel il était défendu de faire figurer dans les opéras, les souverains russes de la maison des Romanov. J'objectai qu'aucun personnage de la maison des Romanov ne figure dans mon opéra que ma tzarine est une tzarine fantaisiste, que le sujet de la Nuit de Noël est une invention de Gogol et j'y ai le droit de changer les personnages; au reste, le nom même de Pétersbourg n'est nulle part mentionné et, par suite, toute allusion historique est absente, et j'ai énuméré bien d'autres raisons aussi valables. On m'a répondu à la censure que tout le monde connaît le récit de Gogol, que personne ne peut avoir de doute sur le fait que ma tzarine n'est autre que l'impératrice Catherine et que, par suite, la censure n'a pas le droit d'autoriser mon opéra.

Je pris la décision d'obtenir l'autorisation voulue, en m'adressant en haut lieu, si possible. Cette tentative me fut facilitée par les circonstances suivantes. Au courant de l'automne de 1894, Balakirev abandonna la maîtrise de la chapelle de la Cour et on chercha un nouveau directeur. Un jour, le comte Vorontzov-Dachkov, ministre de la Cour impériale, me convoqua et me proposa de remplacer Balakirev dans sa fonction. La libre disposition de mes mouvements en dehors de tout service d'État me plaisait tellement à ce moment, que nulle envie ne me venait de reprendre mon service à la chapelle, même comme directeur indépendant. J'ai donc décliné la proposition du comte Vorontzov, en expliquant mon refus uniquement par mon désir de consacrer tout mon temps à la composition de mes œuvres. Le comte fut très aimable et traita avec moi des affaires de la chapelle. Voyant qu'il était très bien disposé, l'idée me vint de lui demander d'intervenir auprès de l'Empereur pour obtenir l'autorisation de représenter la Nuit de Noël. Le comte écouta toutes mes raisons et promit de faire pour moi tout ce qui lui était possible. J'ai rédigé une requête où j'ai exposé l'affaire, et je l'ai présentée au ministre de la Cour. Pendant les fêtes de Noël, un envoyé du ministre m'apporta l'avis du ministère de la Cour où il était dit: «Suivant votre requête, remise au ministre de la Cour Impériale et présentée à Sa Majesté l'Empereur, l'autorisation auguste est donnée à l'admission de l'opéra la Nuit de Noël, composé par vous, sur la scène impériale, sans changement du livret.»

Tout joyeux, je me suis rendu chez Vsevolojsky et lui communiquai l'autorisation impériale. Puisque l'Empereur lui-même donne son autorisation et la censure reçoit un camouflet, l'affaire change du tout au tout. Vsevolojsky est tout heureux du bruit fait autour de cette affaire et il veut monter la Nuit de Noël avec une magnificence particulière, afin d'être en même temps agréable à la Cour. Il dit posséder un beau portrait de Catherine II, et il veut faire grimer l'artiste qui doit jouer ce rôle d'après ce portrait, puis reproduire exactement le milieu luxueux de la cour de Catherine. Il ne doute pas de plaire ainsi en haut lieu, ce qui prime tout dans les devoirs de directeur des théâtres impériaux.

Je m'efforçai de refroidir quelque peu le zèle de Vsevolojsky et lui ai conseillé de ne pas trop appuyer sur les ressemblances de ma tzarine avec

Catherine, faisant remarquer que je n'y tiens pas beaucoup. Mais Vsevolojsky tenait, lui, à son idée. Il donna sans tarder l'ordre de mettre mon opéra au programme de la saison suivante, 1895-96.

Pendant ce temps, ma matière musicale pour l'opera Sadko s'accumulait. Au printemps de 1895, le livret fut presque achevé. Pour l'établir, je m'étais servi de nombre de légendes, de chants populaires, etc.

Au mois de mai, je suis parti avec ma famille habiter, cette fois encore, la chère Vetchascha. Mes occupations estivales furent tout à fait semblables à celles de l'année précédente. La composition de Sadko avança sans répit. Les tableaux 1, 2, 4, 5, 6 et 7 suivirent rapidement l'un après l'autre, et, à la fin de l'été, tout l'opéra fut prêt, d'après le plan primitif, en brouillon ou en partition. La fatigue ne m'arrêta que pour un jour ou deux, puis je repris avec le même entrain le travail.

Au milieu de l'été, j'ai reçu la visite de Vladimir Ivanovitch Belsky, dont j'avais fait la connaissance l'année précédente, à Saint-Pétersbourg. Il passait l'été dans une propriété distante de 10 verstes de Vetchascha. C'était un homme intelligent et fort instruit et il avait terminé ses études dans deux facultés, celles de droit et de sciences naturelles; c'était, de plus, un excellent mathématicien, grand connaisseur de l'antiquité russe et de l'ancienne littérature russe. Timide, réservé, on n'aurait jamais pu soupçonner, à le voir, la variété de ses connaissances. Amateur passionné de la musique, il était un chaud partisan de la musique russe en général et de mes œuvres en particulier.

Pendant son séjour à Vetchascha, je composai quelques parties de mon Sadko. Il en fut enthousiasmé. Nous nous entretînmes longuement sur le sujet de l'opéra, entretiens qui me suggérèrent nombre de nouvelles idées. Mais je ne me décidais pas encore de procéder à des modifications dans mon scénario, qui était suffisamment intéressant et équilibré.

Au mois d'août, lorsque le brouillon de l'opéra fut entièrement achevé suivant le plan primitif, je commençais à songer à adjoindre à l'action la femme de Sadko. Chose singulière, j'eus à ce moment comme une langueur pour la tonalité de fa min., dans laquelle je ne composais rien depuis longtemps et qui était absente jusqu'ici dans mes compositions de Sadko. Ce penchant instinctif vers la construction en fa min., m'entraînait à la composition de l'air de Lubava (femme de Sadko) pour lequel j'ai écrit aussitôt les vers. L'air fut composé, mais il servit en outre à la naissance du 3e tableau de l'opéra. Pour le reste du texte à écrire, je demandai la collaboration de Belsky.

A la fin de l'été, mon opéra contenait un nouveau tableau qui, à son tour, nécessita de nouvelles additions aux tableaux 4 et 7. Il fallut ajouter la figure de la belle, aimante et fidèle Lubava. Il s'ensuivit un élargissement notable de mon plan primitif.

LA REPRÉSENTATION DE LA NUIT DE NOËL

(1895-1897)
A mon retour à Saint-Pétersbourg, je ne me suis pas mis immédiatement à la réalisation de mon nouveau projet, car j'ai chargé Belsky d'écrire les nouvelles parties de mon livret, et c'était un travail long et difficile. Pendant ce temps, je me suis mis à l'orchestration des parties de l'opéra qui ne devaient subir aucune modification.

Mais après plusieurs mois de travail, sur une partition assez complexe, je sentis une forte fatigue et même une indifférence, sinon de la répulsion, pour ce travail. Cet état d'esprit se manifesta pour la première fois de ma vie, mais par la suite, il se renouvela chaque fois à la fin de mes travaux de longue haleine. Cela m'arrivait par surprise: le travail se développait à souhait, je composais avec passion, puis, tout à coup, sans que je sache pourquoi ni comment, je ressentais de la lassitude et de l'indifférence. Quelque temps après, ce désagréable état d'esprit se dissipait de lui-même et je reprenais avec entrain ma besogne.

Cette disposition ne ressemblait en rien avec le malaise que j'avais éprouvé auparavant; mes pensées ne s'engageaient point comme jadis dans les fourrés philosophiques et esthétiques; au contraire, à partir de cette époque, j'étais toujours prêt au jeu de philosophie d'amateur, à traiter, sans la moindre crainte, de «graves questions» pour me distraire, et à monter ou à redescendre vers la fin des fins des choses.

La Ire représentation de la Nuit de Noël fut fixée au 21 novembre, au bénéfice du maître de la scène Paletchek, à l'occasion des vingt-cinq années de son service. Les répétitions se poursuivirent régulièrement, Vsevolojsky continua à satisfaire ses goûts de luxueuse mise en scène, et par suite, tout le monde montrait du zèle: décoration et costumes splendides, répétitions soignées.

Enfin, on annonça la répétition générale devant les invités. L'affiche fut placardée avec la désignation exacte des personnages, tels qu'ils étaient indiqués dans le livret. Mais, voici que les grands-ducs Vladimir Alexandrovitch et Michel Nicolaïevitch, assistant à la répétition, manifestèrent leur indignation à propos de l'apparition sur la scène de la tsarine, dans laquelle ils voulurent reconnaître l'impératrice Catherine II. Vladimir Alexandrovitch en fut particulièrement outré.

Après la répétition, les interprètes, le régisseur, toute l'administration théâtrale furent penauds et changèrent de ton. On disait que le grand-duc Vladimir Alexandrovitch s'était rendu directement du théâtre chez l'Empereur pour lui demander l'interdiction de mon opéra. Pendant ce temps, le grand-duc Michel Nicolaïevitch ordonna la suppression du décor représentant la partie de Pétersbourg avec la forteresse de Pierre et Paul, car la cathédrale de la forteresse renfermait la crypte de ses aïeux et on ne saurait en permettre la figuration sur la scène.

Vsevolojsky fut tout troublé. Le spectacle au bénéfice de Paletchek était partout annoncé, nombre de billets étaient déjà vendus, et on ne savait comment faire.

Je considérais mon affaire comme entièrement ruinée, car d'après les dernières nouvelles, l'Empereur partagea l'avis du grand-duc Vladimir Alexandrovitch et rapporta l'autorisation qu'il avait donnée pour mon opéra.

Vsevoljsky, désireux de sauver le spectacle au bénéfice de Paletchek, et aussi sa mise en scène, me proposa de remplacer la tsarine,—un mezzo soprano,—par une «Sérénité»—un baryton. Au point de vue musical, cette substitution ne présentait pas de difficulté: un baryton pouvait facilement chanter le rôle du mezzo soprano avec une octave plus bas, et le rôle comprenait seulement des récitatifs, sans participer à aucun ensemble. Certes, ce n'était pas ce que j'avais conçu, cela devenait même stupide, car c'est un homme qui devenait le maître de la garde-robe de la tsarine. Ce seul fait me dispense de m'étendre davantage à ce sujet. Mais, si ridicule que cela paraissait, force me fut de me plier aux circonstances, et je dus y consentir. Vsevolojsky entreprit de nouvelles démarches et finit par obtenir de l'Empereur l'autorisation de représenter la Nuit de Noël avec le rôle de la Sérénité à la place de celui de la tsarine. Peu après, une nouvelle affiche annonça ce changement, et l'opéra fut représenté.

Je n'ai pas assisté à la première représentation; je suis resté chez moi, auprès de ma femme, pour manifester ainsi mon mécontentement. Mes enfants y sont allés.

L'opéra eut un succès convenable. Après le bénéfice de Paletchek, la Nuit de Noël fut donnée à tous les spectacles d'abonnement, et trois, hors d'abonnement. Aucun membre de la famille impériale n'assista aux représentations, ce qui détermina un changement d'attitude de Vsevolojsky envers moi et mes œuvres.

La Société des Réunions Musicales, fondée quelques années auparavant, m'avait demandé, au printemps de 1896, d'occuper le poste de président à la place de Ivan Davidov que celui-ci avait quitté. J'avais consenti. D'autre part, la Société eut l'idée de monter Boris Godounov dans ma rédaction. Les répétitions des chants avaient commencé sous ma direction. A l'automne de la même année, les répétitions reprirent et se poursuivirent avec application. Goldenblum et Davidov me secondèrent activement. Les solistes apprirent leurs rôles. Une épreuve de l'orchestration fut donnée par l'orchestre de la Cour, sous la direction de Goldenblum.

Les représentations eurent lieu dans la grande salle du Conservatoire. Je ne me souviens plus qui a peint les décors; quoi qu'il en soit, l'argent ne manqua pas, parce que nombre d'amateurs de musique avaient souscrit pour les frais de la mise en scène. La représentation eut lieu, sous ma direction, le 28 novembre. Les rôles étaient distribués ainsi: Boris—Lounatcharsky; Schouïsky—Safonov; Pimen—Jdanov; l'Imposteur—Morskoï; Varlaam—Stravinsky; Marina—Ilyina; Rangoni—Kedrov.

L'opéra fut bien exécuté et eut un réel succès. Je mis tout mon soin à diriger l'orchestre. La deuxième et la troisième représentation eurent lieu le 29 novembre et le 3 décembre, sous la direction de Goldenblum. La quatrième représentation, donnée le 4 décembre, devait avoir lieu de nouveau sous ma direction; mais ayant éprouvé une frayeur inexplicable, je me fis de nouveau remplacer par Goldenblum. A l'une des représentations, le rôle de la nourrice fut chanté par ma fille Sonia. En général, les interprètes changeaient partiellement à chaque représentation.

Aux «Concerts symphoniques russes» de cette saison, fut exécutée pour la première fois la merveilleuse 6e symphonie en «ut min.» de Glazounov, puis l'ouverture pour Orestie de Taneïev, le fantôme de Tchaïkovsky, la symphonie en «ré min.» de Rakhmaninov, etc. Les concerts étaient donnés soit sous ma direction, soit sous celle de Glazounov. Félix Blumenfeld accompagnait. Le concert du 15 février comprenait les œuvres de Borodine, à l'occasion du 10e anniversaire de sa mort. On a exécuté entre autres sa Princesse Endormie, dans mon instrumentation, à laquelle personne ne fit attention, parce qu'on n'entendit point à l'orchestre la frappe habituelle des secundo, considérés jadis comme une grande révélation harmonique, tandis qu'à mon sens, ils n'étaient qu'une simple erreur d'ouïe.

Glazounov, auteur de Raymonde et de la 6e symphonie, est parvenu à cette époque au développement suprême de son immense talent, laissant bien loin derrière lui, les profondeurs de la Mer, les fourrés de la Forêt, les murs du Kremlin et ses autres œuvres de son temps de transition. Son imagination et sa remarquable technique ont atteint le plus haut degré de leur développement. Comme chef d'orchestre, il est devenu également un excellent exécuteur de ses propres œuvres, ce que n'ont pas voulu ni pu comprendre, ni le public ni la critique. Aux yeux de l'orchestre, son autorité musicale grandit, non pas d'année en année, mais de jour en jour. Son oreille, d'une acuité remarquable, et sa mémoire des plus petits détails des œuvres des autres nous étonnaient tous, nous les musiciens.

La Nuit de Noël et Sadko sont, d'après leur caractère et les procédés de création, de la même catégorie que Mlada. L'insuffisance du travail purement contrepointique dans la Nuit de Noël, le grand développement des figurations intéressantes, la tendance aux accords longuement prolongés, enfin, le coloris éclatant de l'orchestration sont les mêmes que ceux de Mlada. Les mélodies, d'une excellente sonorité dans le chant, sont pourtant d'origine instrumentale, le plus souvent.

Le côté fantastique est largement développé dans les trois opéras. Dans chacun d'eux, se trouve une scène de peuple, complexe et habilement développée. Tels sont, par exemple, le marché dans Mlada, la grande «Koliada» dans la Nuit de Noël, la scène sur la place au début du 4e tableau de Sadko.

Si Mlada souffre de l'insuffisance du développement de la partie dramatique, en revanche, la partie fantastique et mythologique de la Nuit de Noël étouffe le léger comique du sujet de Gogol bien plus sensiblement que dans la Nuit de Mai. L'opéra-légende Sadko est plus heureux sous ces rapports que ses deux prédécesseurs; le sujet légendaire et fantastique de Sadko n'a pas de prétention purement dramatique par son origine même: ce sont des tableaux d'un caractère épique, fabuleux. Le côté réel comme le côté fantastique, le côté dramatique comme celui de mœurs se trouvent en complète harmonie entre eux. Le réseau contrepointique, plus menu dans les deux opéras précédents et dans les œuvres orchestrales plus anciennes, commence ici à se rétablir. Les exagérations orchestrales de la Mlada s'aplanissent déjà à partir de la Nuit de Noël; mais l'orchestre ne perd pas son pittoresque, et, au point de vue de l'éclat, l'orchestre de Mlada ne surpasse nullement la scène du quatrième tableau de Sadko.

L'application du système de leitmotivs est heureuse invariablement dans les trois opéras. De même, la simplicité de l'harmonie et de la modulation dans la partie réaliste et le raffinement de l'harmonie et de la modulation dans la partie fantastique sont des procédés communs aux trois opéras.

Mais ce qui distingue mon Sadko dans la série de tous mes opéras, et peut-être même de tous les opéras en général, c'est le récitatif légendaire. Alors que les récitatifs de Mlada et de la Nuit de Noël, tout en étant réguliers, ne sont pas développés ni caractéristiques, ceux de mon opéra-légende, particulièrement du personnage Sadko lui-même, sont d'une originalité inédite, quoique, intérieurement, leur construction n'est pas variée. Ce procédé de récitatif ne correspond point à la langue parlée, mais est en quelque sorte une récitation légendaire ou légèrement chantante dont on peut trouver le prototype dans la déclamation des légendes de Riabinine.

Sortant en relief à travers tout l'opéra, ce récitatif communique à toute l'œuvre ce caractère de légende nationale qui ne saurait être reconnu et apprécié que par un Russe d'origine. Le chœur à onze fractions, le poème de Nejata, les chœurs sur le vaisseau, la cantilène à propos du «Livre de la Colombe» et les autres détails concourent de leur côté à donner à l'opéra la marque de légende nationale.

Je crois que parmi les scènes populaires indiquées plus haut, celle de la place, avant l'entrée de Sadko, est la plus développée et la plus complexe. L'animation scénique, la succession des personnages et des groupes: le chemineau, le bouffon, le mage, les courtisanes, etc., et leurs combinaisons, unies à la forme symphonique, claire et large (rappelant en quelque sorte un rondo), peuvent bien être taxées de réussies et de neuves. La scène fantastique: le tableau du lac Ilmen, avec le récit de la Princesse de la Mer, la pêche des poissons dorés, l'intermezzo avant le royaume sous-marin, la danse des ruisseaux et des poissons, le cortège de monstres marins, la cérémonie nuptiale autour de l'orme, l'introduction au dernier tableau, tout cela ne cède pas comme coloris légendaire aux scènes et aux moments correspondants de Mlada et de la Nuit de Noël.

L'image fantastique de jeune fille, chantant puis s'évanouissant, indiquée pour la première fois dans la Panotchka et dans la Snegourotchka, réapparaît sous forme de l'ombre de la princesse Mlada et de la princesse de la Mer, se transformant en rivière Volkhov. Les variations de la berceuse, celle-ci, les adieux avec Sadko et sa disparition constituent, à mon avis, les meilleures pages de la musique de caractère fantastique.

Mlada et la Nuit de Noël se présentent donc comme deux grandes études, précédant la composition de Sadko, et ce dernier achève la période intermédiaire de mes compositions d'opéra, parce qu'il constitue la combinaison harmonique la plus parfaite d'un sujet original avec une musique expressive.

Je me suis arrêté à dessein un peu plus longuement sur la signification de ces trois opéras avant de passer aux idées pour lesquelles je m'étais passionné pendant la deuxième moitié de la saison de 1897.

Il y avait longtemps que je n'avais plus écrit de romances. Ayant essayé d'en composer sur les vers du comte Alexis Tolstoï, j'ai écrit quatre romances, et j'ai senti qu'il y avait un nouveau procédé dans ma composition. La mélodie, en épousant les évolutions du texte, devenait purement vocale, c'est-à-dire, se formait ainsi dès sa naissance, et son accompagnement n'avait que des allusions à l'harmonie et à la modulation. L'accompagnement se formait et s'élaborait après la création de la mélodie, tandis qu'auparavant, sauf de rares exceptions, la mélodie se formait pour ainsi dire instrumentalement, c'est-à-dire, en dehors du texte et seulement en s'harmonisant avec son caractère général, ou bien était provoquée par la base harmonique, qui marchait parfois en précédant la mélodie.

Me rendant compte que ce nouveau procédé de composition constitue précisément la véritable musique vocale et étant satisfait de mes premières tentatives dans cette voie, je me suis mis à écrire toute une série de romances sur les paroles d'Alexis Tolstoï, de Maïkov, de Pouschkine et d'autres poètes. Au moment de partir à la campagne, j'avais déjà des dizaines de romances. De plus, j'ai écrit un jour une courte scène empruntée à Mozart et Saliéri de Pouschkine (l'entrée de Mozart et une partie de sa conversation avec Saliéri). Et cette fois, le récitatif coulait librement, précédant tout le reste, à l'instar des mélodies de mes dernières romances. Je m'apercevais que j'entrais dans une nouvelle période et que je devenais maître d'un procédé qui, jusqu'alors, ne se manifestait qu'exceptionnellement.

C'est avec cette nouvelle pensée, mais sans plan défini de mes futurs travaux, que je suis parti pour la campagne, dans la propriété de Smytchkovo, à 6 verstes de Louga.

Durant cet été de 1897, mon labeur y fut continu et fécond. J'ai écrit tout d'abord la cantate Svitezanka pour soprano, ténors, chœur et orchestre, dont la musique fut empruntée à une de mes vieilles romances. Toutefois, je n'y ai pas appliqué mon nouveau procédé de composition vocale. Puis, suivit un grand nombre de romances, après lesquelles je me suis mis à Mozart et Saliéri, sur le poème duquel j'ai écrit deux scènes d'opéra, d'un style arioso-récitatif.

Cette œuvre était purement vocale, dans l'acception exacte du mot. Le réseau mélodique, s'appliquant aux évolutions du texte, était composé avant tout; l'accompagnement, assez complexe, se formait après, et son brouillon primitif se distinguait sensiblement de la forme définitive de l'accompagnement orchestral. J'étais très satisfait. Je me trouvais en présence de quelque chose de neuf et se rapprochant le plus près de la manière de Dargomyjsky, dans sa Statue du commandeur; toutefois, la forme et le plan de la modulation de Mozart ne furent pas occasionnels, comme c'est le cas de l'opéra de Dargomyjsky. J'ai pris pour l'accompagnement une composition réduite de l'orchestre. Les deux tableaux étaient liés par un intermezzo en forme de fugue que j'ai détruit par la suite[29].

J'ai écrit de plus un quatuor à cordes en «sol maj.» et un trio pour violon, violoncelle et piano en «ut min.». Cette dernière composition est restée à l'état de brouillon et ces deux morceaux de musique de chambre m'ont démontré que la musique de chambre n'est pas mon domaine; j'ai donc décidé de ne pas les publier.

J'ai écrit encore, dans le courant de cet été, deux duos pour chant: Pan et le Cantique des cantiques, et, vers la fin de l'été, un trio de voix: le Grillon, avec chœur de femmes et accompagnement d'orchestre, sur des paroles d'Alexis Tolstoï.

Le 30 juin, nous avons célébré le 25e anniversaire de mon mariage et j'ai dédié à ma femme une romance sur des paroles de Pouschkine et quatre romances sur des paroles d'Alexis Tolstoï.

SADKO AU THÉÂTRE MAMONTOV DE MOSCOU

(1897-1899)

PENDANT la première partie de la saison 1897-98, j'ai été occupé par l'édition de mes nouvelles romances. Cette édition était assumée par Belaïev et elle paraissait dans deux tonalités: pour voix haute et voix basse.

Mozart et Saliéri, exécuté chez moi avec accompagnement de piano, plut à tout le monde. Stassov fut bruyant comme à l'ordinaire. Mon improvisation à la Mozart réussit et son style fut soutenu.

A la même époque, je présentai à la direction de l'Opéra impérial mon Sadko. Le jour de son audition fut fixé. L'opéra fut exécuté avec accompagnement de piano, en présence du directeur Vsevolojsky, de Napravnik, Kondratiev, Paletchek, ainsi que de quelques artistes. Félix Blumenfeld était au piano, tandis que je chantonnais et expliquais comme je le pouvais. Il faut avouer que Félix ne fut pas dans ses beaux jours; il joua paresseusement et même négligemment; je fus quelque peu ému et ma voix s'enroua bientôt. Il était visible que les auditeurs n'y comprirent goutte et que mon opéra ne plut à personne; Napravnik fronça les sourcils; mon opéra ne fut pas entièrement exécuté en raison de «l'heure tardive». Bref, Vsevolojsky ne le trouva pas du tout à son goût et il changea de ton après l'audition. Il prétexta que l'établissement du répertoire de la saison suivante ne dépendait pas de lui, mais, comme toujours, de l'Empereur qui examine personnellement le programme; que la mise en scène de Sadko est assez compliquée et dispendieuse; que d'autres œuvres attendent, celles qu'il est obligé de monter sur le désir exprimé par deux membres de la famille impériale, etc. Toutefois, il disait ne pas refuser de monter un jour Sadko; mais je voyais bien que ce n'était pas vrai et je décidai de laisser la direction du théâtre impérial en paix et de ne plus jamais la déranger par la proposition de mes opéras.

En décembre, est arrivé de Moscou, Sava Mamontov[30], qui avait fondé cette année un opéra au théâtre de Solodovnikov, et il me fit connaître son intention de monter prochainement Sadko sur sa scène. C'est ce qu'il réalisa pendant les fêtes de Noël.

Je suis allé avec ma femme à Moscou pour la deuxième représentation. Les décors m'apparurent satisfaisants, bien qu'une interruption de la musique était faite entre le 5e et le 6e tableau afin de pouvoir changer le décor. Quelques artistes étaient bien, mais, dans l'ensemble, l'opéra fut assez mal appris. L'orchestre était dirigé par l'Italien Esposito. L'orchestre manquait de certains instruments. Les choristes chantaient au Ier tableau avec les partitions à la main, comme s'ils tenaient des menus de dîner. Au 6e tableau, le chœur se taisait complètement, et seul l'orchestre se faisait entendre. On m'expliqua toutes ces négligences par le manque de temps. Néanmoins, l'opéra eut un grand succès auprès du public, et c'était l'essentiel. Je m'étais disposé à quitter la salle, mais on me rappela, on me combla de couronnes, les artistes et Mamontov me fêtèrent de toute façon; il n'y avait qu'à remercier et à saluer.

Pendant les semaines du carême, la troupe de Mamontov se transporta à Saint-Pétersbourg et donna ses représentations dans la salle théâtrale du Conservatoire. Mon Sadko devait ouvrir la série des spectacles et on le répétait avec zèle sous ma direction.

Je travaillai l'orchestre avec Esposito qui se montra assez bon musicien; les erreurs furent corrigées, mais le morceau si difficile qu'on avait négligé à Moscou, fut rappris avec soin; toutes les nuances furent sévèrement observées. Et cette fois, Sadko fut représenté dans des conditions convenables. Aussi l'opéra plut-il beaucoup et fut donné plusieurs fois. Outre Sadko, furent représentés: Khovanstchina de Moussorgsky, Orphée de Gluck, Jeanne d'Arc de Tchaïkovsky et aussi la Nuit de Mai et Snegourotchka.

L'opéra de Mamontov resta jusqu'à la semaine de Saint-Thomas (la dernière semaine avant Pâques), obtenant un grand succès auprès du public, mais non un succès d'argent. Pendant le séjour de la troupe à Saint-Pétersbourg, je fis la connaissance de la cantatrice Zabela, qui chantait avec grand talent dans Sadko, et avec son mari, le peintre Vroubel. Nous restâmes depuis en relations amicales.

Au printemps de 1898, j'ai écrit encore quelques romances, puis je me suis mis au prologue de la Pskovitaine (paroles de May): Véra Scheloga. Je traitai cette œuvre à un double point de vue: comme un opéra isolé en un acte et comme prologue à la Pskovitaine. Je renouvelai le récit de Véra, en empruntant son contenu à la deuxième rédaction de la Pskovitaine des années soixante-dix. Je procédai de même pour la fin de l'acte. Quant au commencement et jusqu'à la berceuse, et après elle jusqu'au récit de Véra, je les composai à nouveau, en y appliquant mon nouveau procédé de musique vocale. J'ai conservé la berceuse dans son ancien motif, mais en la rédigeant à nouveau.

La composition de Véra Scheloga avança rapidement et fut terminée bientôt, en même temps que l'orchestration.

Je me suis mis ensuite à la réalisation de mon désir, déjà ancien, d'écrire un opéra sur les paroles de la Fiancée du tzar, de May. Le style chantant devait dominer dans cet opéra; les airs et les monologues devaient être développés autant que le permettait la situation dramatique; les ensembles vocaux devaient être véritables, achevés, et non sous la forme occasionnelle et d'accrochage momentané d'une voix après une autre, comme cela était suggéré par les exigences modernes de la prétendue vérité dramatique, suivant laquelle deux personnages, ou davantage, ne doivent pas parler ensemble. Il me fallait, à cet effet, remanier le texte de May, afin d'y créer des moments lyriques plus ou moins prolongés pour les airs et les ensembles. J'ai demandé de procéder à ces additions et changements à Tumenev, connaisseur de l'ancienne littérature et mon ancien élève au Conservatoire, avec lequel j'avais renoué des relations en ces derniers temps.

Déjà avant mon départ pour Vetchascha, que nous avons loué de nouveau pour l'été, je commençai le Ier acte. A Vetchascha, l'été passa rapidement à la composition de la Fiancée du tzar, et le travail lui-même avançait rapidement et facilement. De fait, tout l'opéra fut composé durant l'été et un acte et demi fut instrumenté.

Entre temps, j'ai écrit Un Songe d'une nuit d'été, sur les paroles de Maïkov. Cette romance et une autre, la Nymphe, écrite plus tard, furent dédiés au couple Vroubel.

La composition des ensembles: le quatuor du 2e acte et le sextuor du 3e, a suscité en moi un intérêt particulier pour mon nouveau procédé, et je crois que depuis Glinka, on n'a vu introduire de pareils ensembles d'opéra quant à leur caractère chantant et l'élégance du solfège. Peut-être le Ier acte de la Fiancée du tzar présente-t-il quelques mouvements un peu secs, mais après la scène du peuple du 2e acte, écrite déjà d'une main très expérimentée, l'intérêt de l'œuvre commence à croître, et le touchant drame lyrique atteint une haute intensité durant tout le 4e acte.

En somme, l'opéra fut écrit pour des voix exactement définies et favorables au chant. L'orchestration et l'accompagnement ont partout de l'intérêt et produisent un grand effet, bien que je mettais toujours les voix au premier plan et que la composition de l'orchestre était ordinaire. Il suffit d'indiquer l'intermezzo orchestrale, la scène de Lubacha avec Boméli, l'entrée du tzar Ivan, le sextuor, etc. Je décidai de laisser le chant de Lubacha au Ier acte sans accompagnement, sauf les accords intermédiaires entre les couplets, ce qui faisait assez peur aux cantatrices qui craignaient de s'éloigner du ton. Mais leur crainte fut injustifiée: la «tessiture» de la mélodie de l'ordre éolien en «sol min.» fut choisie de telle façon que, à leur grand étonnement, toutes les cantatrices demeurèrent toujours dans le ton; aussi leur disai-je que mon chant est magique.

Contrairement à mon habitude, je n'ai pas utilisé dans la Fiancée du tzar aucun thème populaire, sauf la mélodie «Slava», commandée par le sujet même. Enfin, dans la scène où Maluta Skouratov annonce la volonté du tzar Ivan de prendre pour femme Marfa, j'ai introduit le thème du tzar Ivan de la Pskovitaine, en l'unissant contrepointiquement avec le thème de «Slava».

Pendant l'automne 1898, je fus occupé par l'orchestration de la Fiancée du tzar. Ce travail ne fut interrompu que pendant quelques jours par mon voyage à Moscou où j'assistais à la première représentation de Vera Scheloga et de la Pskovitaine, chez Mamontov. Le nouveau prologue passa presque inaperçu, malgré sa parfaite interprétation par Mme Tsvetkova. La Pskovitaine, au contraire, eut un grand succès, grâce au talent exceptionnel de Chaliapine qui campa incomparablement la figure du tzar Ivan le Terrible.

On donna aussi Sadko. Le reste de mon temps fut pris par des banquets organisés par Mamontov, des visites chez les Vroubel, chez Krouglikov[31] et chez d'autres. J'ai invité Mme Zabela à chanter mon prologue sous forme de concert à l'une des auditions de nos «Concerts symphoniques russes» et elle accepta volontiers. Je ne lui ai pas parlé de sa rétribution. Pourtant, j'avais à prévoir une situation peu agréable dont il me fallait trouver l'issue. Belaïev n'aimait pas trop les solistes, surtout les solistes chanteurs; il avait fixé invariablement leur prix à 50 roubles par concert. Les artistes qui étaient dans une situation précaire, pouvaient accepter cette rémunération, car cela valait toujours mieux que rien; mais ceux qui avaient leurs aises pouvaient être froissés d'une rétribution aussi indigente. Lorsque je priais de chanter à un de nos concerts Mme Mravina ou d'autres, occupant la même situation en vue, je leur demandais de chanter sans rémunération, par dévouement à l'art. Mais l'artiste moscovite ne pouvait se déplacer de Moscou à Saint-Pétersbourg et faire les frais du voyage et du séjour pour le seul honneur de chanter à nos concerts, tandis qu'il était ridicule de lui proposer cinquante roubles. Malgré toutes les raisons que je faisais valoir à Belaïev à maintes reprises, notamment qu'il était indispensable, dans certains cas, d'augmenter la rétribution des solistes, il ne voulait rien entendre. Je proposais à Zabela 150 roubles et, sans rien lui dire j'ai ajouté de ma poche 100 roubles aux 50 de Belaïev. Cela fut toujours ignoré par Zabela comme par Belaïev; toutefois, pour ne pas perdre sans motif de mon argent, j'exprimai à Belaïev le désir de recevoir le prix fixé pour ma direction des concerts et dont je m'étais désintéressé quelques années auparavant: Belaïev y consentit aussitôt.

Pour chanter le récit de Vera Scheloga, il était indispensable de s'assurer une autre cantatrice pour le rôle de Nadejda. J'en ai découvert une parmi les élèves du Conservatoire, lui réservant le prix convenu de 50 roubles. Le récit fut exécuté d'une façon parfaite, bien que le soprano lyrique de Zabela n'était pas entièrement approprié au rôle de Vera, exigeant une voix plus dramatique.

Le public se montra assez indifférent pour cette pièce. La raison en fut à ce que, par son caractère, elle demandait les tréteaux de la scène et non une estrade de concert. De même, l'air de Marfa, de la Fiancée du tzar, chanté par Zabela, ne fut point très remarqué, et l'air du 4e acte, bien que bissé par quelques-uns, passa tout à fait inaperçu. On applaudit la cantatrice, mais personne ne se demanda ce qu'elle chantait, et la critique supposa même que c'était l'une de mes nouvelles romances.

Sans doute, la direction des théâtres impériaux ressentit-elle quelque honte de ce que Sadko, qui fut représenté avec succès à Moscou et à Pétersbourg, sur des scènes privées, échappât aux théâtres subventionnés. D'autre part, aucun de mes opéras ne fut monté au théâtre Marie, depuis l'aventure avec la Nuit de Noël, en 1895. Quelle qu'en soit la cause, Vsevolojsky manifesta tout à coup le désir de monter ma Snegourotchka, avec la magnificence habituelle aux théâtres impériaux. De nouveau, le décor et les costumes furent commandés, et l'opéra fut représenté le 15 décembre. Les décors et les costumes furent, en effet, très luxueux et d'un caractère original, mais nullement appropriés à un conte russe. Le costume de la Gelée ressemblait à celui de Neptune. Lel donnait l'impression d'un Pâris; de même furent parés Snegourotchka, Koupava, Berendeï et les autres. L'architecture du palais de Berendeï et de la maison du bourgue Berendeïevka, ainsi que le soleil de pacotille à la fin de l'opéra, détonnaient ridiculement avec le sujet du conte printanier. Dans tout se manifestaient les goûts de mythologie française de Vsevolojsky.

L'opéra eut du succès. Mravina chanta admirablement dans Snegourotchka, bien que les coupures pratiquées jadis dans l'opéra ne furent point rétablies. La représentation fut longue, en raison de la durée démesurée des entr'actes. Pendant les semaines du carême, l'opéra de Mamontov vint de nouveau à Saint-Pétersbourg, ayant cette fois Truffi pour chef d'orchestre. On donna la Pskovitaine, accompagnée de Scheloga, puis Sadko, Boris Godounov, avec Chaliapine, et Mozart et Salieri. Chaliapine eut un succès éclatant, et depuis cette époque, sa gloire ne cessa de grandir. Cependant, le spectacle ne fut pas suffisamment suivi par le public et ce n'est que grâce à la générosité de Mamontov que la troupe a pu se tirer d'affaire.

Le cercle de Belaïev ne cessait de s'étendre. Il fut augmenté par mes anciens élèves du Conservatoire: Zolotarev, Akimenko, Amani, Kryjanovsky et Tchérépnine, ainsi que d'une nouvelle étoile de première grandeur qui s'était élevée au firmament de Moscou: A. N. Skriabine, maniéré et plein de lui-même. Une autre étoile moscovite, S. V. Rakhmaninov, se tint à part, bien

117

que ses œuvres fussent exécutées aux «Concerts symphoniques russes». En général, en ces derniers temps, il y eut à Moscou abondance de nouvelles forces musicales, tels que Gretchaninov, Korestchenko, Vassilenko et plusieurs autres. Il est vrai que Gretchaninov était plutôt pétersbourgeois, en tant que mon ancien élève. Avec ces jeunes compositeurs moscovites apparut aussi la tendance décadente qui nous venait de l'occident.

Durant l'hiver, je voyais souvent Belsky et nous examinions tous deux le Conte du tzar Saltan de Pouschkine comme sujet pour l'opéra que j'avais projeté. Nous étions également intéressés par la légende sur la Cité invisible de Kitej, concurremment avec le «Dit sur la Sainte Févronie de Mourom»; puis nous fûmes attirés par Ciel et Terre de Byron et Odyssée chez le Roi Alchinoé; mais tout cela fut remis à plus tard, et toute notre attention se concentra sur Saltan dont nous élaborions le scénario.

Au printemps, Belsky se mit à écrire son excellent livret, en suivant autant que possible le texte de Pouschkine et en l'imitant très artistiquement. A mesure de leur achèvement, il me transmettait une scène après l'autre, et j'en écrivais la musique. Pour le commencement de l'été, le prologue fut prêt en brouillon.

De même que durant le précédent été fut composée à Vetchascha la Fiancée du tzar, pendant celui de 1899 tout l'opéra de Saltan fut achevé; le prologue, le Ier acte et une partie du 2e, furent orchestrés. Saltan était écrit dans une manière mixte que j'appellerai instrumento-vocale. Toute la partie fantastique était plutôt instrumentale, tandis que la partie réaliste, vocale. Au point de vue de la composition vocale, j'étais particulièrement content du prologue. Tout l'entretien des deux sœurs aînées avec Babarikha, après la chansonnette à deux voix, la phrase de la sœur cadette, l'entrée de Saltan et l'entretien final coulent librement avec une stricte logique musicale, et la partie réellement mélodique est bien dans les voix qui ne s'accrochent pas aux fragments de phrases mélodiques de l'orchestre. La même construction se rencontre dans le trio comique du début du 2e acte de la Nuit de Mai; mais là, la construction musicale est bien plus symétrique et divisée en séparations nettes et moins unies qu'ici. L'intention était là aussi excellente, mais la réalisation est supérieure dans Saltan. La symétrie dans les airs de vantardise de la sœur aînée et de la sœur intermédiaire, ajoute à cette pièce un caractère voulu de fable. Le chant fantastique du cygne au 2e acte est légèrement instrumenté et les harmonies sont sensiblement nouvelles.

L'apparition du jour et, avec lui, de la cité rappelle, par la manière, Mlada et la Nuit de Noël; mais le chœur solennel, accueillant Guidon, écrit en partie sur le thème d'église de la 3e voix, est une composition d'un caractère tout à fait nouveau. Les miracles racontés par les marins sont réalisés, dans les derniers tableaux de l'opéra, par le développement correspondant de la même musique. La transformation du cygne en tsarine est basée sur les mêmes leitmotiv et harmonie. En général, le système de leitmotiv est largement appliqué par moi dans cet opéra, et j'ai ajouté aux récitatifs le caractère particulier de la naïveté de fable.

En souvenir de notre nourrice Avdotia, morte une année auparavant, je lui ai emprunté la mélodie de la berceuse qu'elle chantait à mes enfants, pour le chœur des nourrices qui bercent le petit Guidon.

La première moitié de la saison de 1899-1900 fut consacrée par moi à l'orchestration du Tzar Saltan. Je n'ai pas écrit cette fois d'ouverture ou d'introduction à mon nouvel opéra, parce que son prologue scénique en tenait lieu. Par contre, chaque acte était précédé d'une grande introduction orchestrale, avec un programme défini. En revanche, le prologue, de même que chaque acte ou chaque tableau, commençait par la même courte fanfare de trompettes, ayant la signification d'appel à l'audition et à la vision de l'action qui allait commencer. Le procédé est original et bien approprié pour un conte. Avec les introductions orchestrales, assez longues, des Ier, 2e et 4e actes, j'ai composé une suite orchestrale, sous le nom de Tableautins pour le Conte du tzar Saltan.

SERVILIE

(1899-1901)

LA partition du Tzar Saltan terminée, je commençais à songer à la Servilie de Mey. L'idée de la prendre pour sujet d'opéra m'était déjà venue à plusieurs reprises. Cette fois, je m'y suis arrêté plus sérieusement. Ce sujet, tiré de la vie de l'ancienne Rome, me permettait de jouir d'une plus grande liberté de style. Toute méthode pouvait y être appliquée, sauf ce qui s'y opposait d'une façon flagrante, comme, par exemple, le style nettement allemand, foncièrement français, indiscutablement russe, etc.

La musique antique ne nous a laissé aucune trace; personne ne l'a entendue, personne n'a le droit de dire au compositeur que sa musique n'est pas romaine, s'il remplit les conditions d'éviter tout ce qui la contredit d'une façon évidente. J'avais donc une liberté absolue. Mais, d'autre part, une musique non nationale ne saurait exister; en réalité, toute musique qu'on a l'habitude de considérer comme universelle, est quand même nationale. La musique de Beethoven est allemande; celle de Wagner est indiscutablement allemande, celle de Berlioz est française, celle de Meyerbeer l'est également. Seule, la musique contrepointique des anciens Hollandais et Italiens pourrait peut-être ne pas avoir de caractère national, parce qu'elle repose plutôt sur le calcul que sur le sentiment.

C'est pourquoi, il me fallait choisir pour Servilie également une nationalité plus ou moins appropriée. Les nuances en partie italiennes, en partie grecques, me semblaient s'adapter le mieux au sujet. Quant à la musique de caractère, celle de danse, etc., il me semblait que les nuances byzantines et orientales s'y apparentaient préférablement. On sait que les Romains n'avaient pas, à vrai dire, un art à eux et qu'ils l'avaient emprunté à la Grèce. D'un côté, je suis convaincu de la parenté entre l'antique musique grecque et la musique orientale et, de l'autre, j'estime qu'il faut chercher les traces de l'ancienne musique grecque dans la musique byzantine dont les échos résonnent dans les vieux chants orthodoxes.

Tel fut le principe qui me guida lorsque le style de Servilie commençait à s'éclaircir dans mon esprit. Je n'ai révélé à personne mon projet d'écrire Servilie et, me servant du drame de Mey, je me suis mis à établir seul le livret de mon opéra. Je n'avais pas trop de modification à y introduire, et pendant la saison de 1899-1900, des pensées musicales naquirent dans mon cerveau.

Les troubles qui eurent lieu à l'université pendant cette année scolaire nous obligèrent, ma femme et moi, à envoyer notre fils André dans une faculté étrangère. Nous avons choisi Strasbourg, où André se rendit en automne 1899. En même temps, la direction de l'Opéra de Francfort-sur-le-Mein exprima le désir de monter ma Nuit de Mai et me demanda des indications à ce sujet. J'indiquai par écrit ce que je pus; mais c'était certainement insuffisant, et il m'était impossible d'y aller personnellement. Juste avant la représentation de mon opéra, Verjbilovitch se rendait à Francfort pour y donner quelques concerts. Je le priai de faire une visite à la direction de l'Opéra de Francfort et d'y donner verbalement, de ma part, quelques indications relatives à la mise en scène et de la couleur locale, afin qu'elles ne détonnent pas trop avec les usages de la vie ukrainienne, complètement ignorés des Allemands. Verjbilovitch, qui accepta très aimablement cette mission, ne fit absolument rien, et il ne se montra même pas à la direction de l'Opéra. J'aurais dû le prévoir et ne pas me fier à lui...

Le spectacle fut annoncé, et mon André, l'apprenant, se rendit à Francfort et assista à la première représentation.

La partie musicale était assez bien exécutée, par l'orchestre surtout; mais ce qui se passait sur la scène était une indigne caricature. Par exemple, le Bailli, le Scribe et le Distillateur, paraissant dans le deuxième tableau du deuxième acte, se mirent à genoux et crièrent d'une façon tragique: «Satan, Satan!»

L'opéra fut donné trois fois et bientôt il fut oublié de tous. La critique se montra condescendante, mais pas davantage.

Mes rapports avec l'Opéra de Prague donnèrent plus de résultats. Durant plusieurs années de suite, y furent donnés: la Nuit de Mai, la Fiancée du tzar et Snegourotchka, tous avec un grand succès.

Invité à venir à Bruxelles pour y diriger un concert de musique russe au théâtre de la Monnaie, je m'y suis rendu en mars. Cette fois, à la tête de l'entreprise était un certain M. D'Aoust, riche et cultivé amateur de musique. Joseph Dupont était mort. On me fut très hospitalier. D'Aoust et sa famille furent attentifs et aimables; les répétitions furent en nombre suffisant et les exécutions excellentes, comme lors de mon premier voyage. Le programme contenait Sadko, Shéhérazade, la suite de la Raymonde de Glazounov, etc. Sadko plut modérément; Shéhérazade, beaucoup. Vincent D'Indy assistait au concert, mais ne vint pas me voir. En somme, mon voyage fut très réussi. Au retour, je me suis avec zèle à Servilie.

Vsevolojsky fut remplacé à la tête des théâtres impériaux par le prince S. M. Volokonsky. Le nouveau directeur se mit aussitôt à monter Sadko sur la scène du théâtre Marie.

Les décors furent exécutés d'après les esquisses de A. Vasnetzov, et les costumes d'après ses dessins. Les meilleurs artistes de la troupe y chantèrent. La Tzarine fut chantée par Bolska; Sadko, par Yerchov. Cependant, celui-ci, par suite d'intrigue ou de caprice, ne chanta pas à la première représentation et fut remplacé par Davidov. Napravnik étudia l'opéra et le dirigea sans froncer les sourcils, mais, par la suite, passa tout de même mon opéra à Félix Blumenfeld, devenu à cette époque l'un des chefs d'orchestre du théâtre Marie.

Sadko fut donc représenté enfin au théâtre impérial, ce qu'on aurait pu faire depuis longtemps et qui n'a pu être réalisé qu'à la suite du changement dans la direction théâtrale. L'opéra fut exécuté dans la perfection. Il me fut si agréable d'entendre enfin ma musique jouée par un grand orchestre et après des études voulues! L'à peu près des scènes privées avait commencé à me décourager.

Après trois ou quatre représentations, Yerchov assuma le rôle de Sadko et le mit en relief. L'opéra fut donné avec quelques coupures que j'indiquai moi-même, croyant qu'elles allongeaient trop la représentation. Par la suite, je me suis aperçu que même ces coupures, sauf quelques rares exceptions, n'étaient pas nécessaires. Le poème légendaire de Nejata est, en effet, un peu long et monotone; mais en raison des coupures qu'on y pratique, son excellente variation orchestrale disparaît. La scène sur le navire, un peu longue par elle-même, ne semble pas gagner à être écourtée. Quant à la grande coupure dans le finale de l'opéra, elle est parfaitement préjudiciable. Si Sadko se maintient sur la scène encore pendant quinze ou vingt ans, il est bien probable que toutes ses coupures seront rétablies, comme cela s'est produit avec les opéras de Wagner, qu'on donnait jadis avec coupures et aujourd'hui intégralement.

Encore avant la représentation de Sadko à l'Opéra impérial, j'étais allé à Moscou pour assister aux représentations du Tzar Saltan au théâtre Solodovnikov que la troupe de Mamontov exploitait en association. Elle avait perdu son mécène, qui avait été emprisonné pour les dettes qu'il avait faites dans une entreprise de construction de chemin de fer d'Arkangel. Sa troupe forma une société et donna des représentations avec la même composition qu'avant.

Le Tzar Saltan fut très bien monté, autant qu'on pouvait attendre d'un théâtre privé. Les décors ont été peints par Vroubel et les costumes faits d'après ses dessins. Tous les artistes formèrent un excellent ensemble, et l'opéra fut donné pour la première fois le 21 octobre, avec un grand succès.

Plusieurs sujets d'opéra s'étaient présentés à mon esprit durant cette saison.

Sur ma prière et d'après mes indications, Tuménev écrivit pour moi un livret pour un opéra intitulé Pan Voyevode, dont l'action se passe en Pologne du XVIe au XVIIe siècle, d'un caractère dramatique et sans tendance politique. L'élément fantastique devait y être peu sensible, notamment sous forme de nécromancie et de sortilèges. Des danses polonaises devaient y entrer également.

La pensée d'écrire un opéra sur un sujet polonais me hantait depuis longtemps. D'abord, quelques mélodies polonaises, que ma mère me chantait dans mon enfance et que j'avais déjà utilisées lors de la composition de la mazurka pour violon, continuaient à me poursuivre; ensuite, je subissais indiscutablement l'influence de Chopin dans les tournures mélodiques de ma musique, comme dans nombre de procédés harmoniques, fait que la perspicace critique ne s'est jamais avisé d'apercevoir. L'élément national polonais dans les œuvres de Chopin a toujours exercé sur moi une grande séduction; je tenais donc à payer mon tribut d'admiration de cet aspect de la musique de Chopin, dans l'opéra au sujet polonais, et il me semblait que j'étais en mesure d'écrire quelque chose de réellement polonais.

Le livret du Pan Voyevode me donna toute satisfaction. Tumenev avait saisi parfaitement le caractère de mœurs polonaises, et le livret lui-même, sans présenter quelque invention nouvelle, était fertile en moments musicaux.

Cependant, j'ai remis pour quelque temps la composition de Pan Voyevode. J'examinais en même temps avec Belsky d'autres sujets: Nausicaa et la Légende sur la cité invisible Kitej. Une partie du livret du premier était déjà écrite par Belsky; toutefois, mon intention s'arrêta à un autre projet.

Un jour, je reçus la visite de Petrovsky, collaborateur de Findeisen à la Gazette russe musicale. C'était un homme instruit, bon musicien, excellent critique musical et un wagnérien impénitent. Il me présenta un livret de lui sur un sujet fantastique, en 4 courts tableaux, sous le titre Kastcheï l'Immortel. Ce livret m'intéressa. Cependant, je le trouvais trop allongé dans le dernier tableau, et ses vers peu satisfaisants.

J'ai exprimé mes réserves à Petrovsky; il me présenta, quelque temps après, une autre version, plus détaillée, mais qui me plut encore moins. M'arrêtant alors à la première version, j'ai décidé de la modifier moi-même, à ma convenance. Il en résulta que je n'avais rien de précis en vue, et je suis parti à la campagne sans projet arrêté.

COMPOSITION DE LA CANTATE-PRÉLUDE D'APRÈS HOMÈRE ET DE KASTCHEÏ L'IMMORTEL

(1901-1905)

AU début de l'été, j'étais encore occupé à l'orchestration du 2e acte de Servilie, qui s'imprimait à mesure. Ayant achevé Servilie, j'ai écrit une cantate-prélude en guise d'introduction à Nausicaa. Le prélude orchestral dépeignait la mer déchaînée, emportant Odyssée, tandis que la cantate exprimait le chant des dryades, accueillant le lever du soleil et la rose Eos. Cependant n'ayant pas décidé définitivement du sort de Nausicaa, j'appelai en attendant ma cantate-prélude: D'après Homère.

Réfléchissant pendant ce temps au Kastcheï l'Immortel, je suis arrivé à la conclusion que les deux derniers tableaux pourraient facilement être réunis en un seul. J'ai résolu d'écrire ce petit opéra en trois tableaux, sans interruption de la musique. Je me suis mis à rédiger le livret avec le concours de ma fille Sonia, et nous avons composé de nouveaux vers. J'avançai rapidement dans la composition de la musique, et, vers la fin de l'été, le premier tableau fut prêt en partition, et le 2e en esquisse. L'œuvre prenait un caractère original, grâce à quelques nouveaux procédés harmoniques que je n'avais pas encore employés jusqu'ici. C'était de fausses relations formées par la marche des grandes tierces; des tons soutenus intérieurs et différentes cadences fausses et interrompues, avec des retours sur les accords dissonants, ainsi que nombre d'accords fuyants.

J'ai réussi à placer sur un accord de septième diminué presque toute la scène, assez prolongée, de la tempête de neige. La forme s'établissait, ininterrompue, mais la tonalité et le plan de la modulation ne furent pas occasionnels, suivant mon habitude, d'ailleurs. Le système du leitmotiv était appliqué en plein. Çà et là, dans les moments lyriques, la forme prenait un caractère stable et un ordre périodique, sans pleines cadences, toutefois. Le rôle était mélodieux, mais les récitatifs reposaient pour la plupart sur une base instrumentale, contrairement à ce qui avait eu lieu dans Mozart et Saliéri. L'orchestre était d'une composition ordinaire, et le chœur dans les coulisses seulement. L'esprit général de l'œuvre était morne, désespéré, avec de rares éclaircies et, parfois, avec des lueurs sinistres. Seuls l'arioso du tsarevitch, au 2e tableau, son duo avec la tsarine, au 3e tableau, et la conclusion avaient un caractère serein, ressortant en relief sur la tonalité sombre de l'ensemble.

A l'automne, je continuai à travailler au Kastcheï l'Immortel. J'ai instrumenté son 2e tableau et, après une courte interruption, écrit et instrumenté le 3e. Bessel se mit aussitôt à l'imprimer. Le prince Volkonsky, qui avait monté la saison précédente mon Sadko, fit représenter, pendant la saison 1901-1902, la Fiancée du tzar. Elle eut un grand succès. Napravnik la dirigeait volontiers, puis passa le bâton de chef à Félix Blumenfeld. L'opéra a été donné sans coupure.

L'Opéra impérial de Moscou a représenté, dans la même saison, ma Pskovitaine, précédée de Vera Scheloga. J'ai assisté à la répétition générale et à la première représentation. L'exécution fut bonne et Chaliapine fut incomparable.

La Pskovitaine fut donnée en entier, avec la scène de la forêt, et je me suis convaincu que cette scène était superflue. Le prologue fut peu remarqué, bien que Salina fut parfaite dans Vera Scheloga.

Au printemps, je me suis mis définitivement à la composition du Pan Voyevode.

Nous avons décidé, ma femme et moi, de passer l'été de 1902 à l'étranger. Notre fils André passa à l'université de Heidelberg pour le semestre d'été, afin d'y suivre le cours du vieux professeur Kuno Fischer. C'est pourquoi nous avons choisi Heidelberg pour notre résidence principale. Nous y avons loué une villa, un piano, et je me suis mis au Pan Voyevode.

J'ai eu un autre travail en vue. Tenaillé depuis longtemps par l'idée que l'orchestration de la Statue du Commandeur faite dans ma jeunesse, dans la période de la Nuit de Mai, était insuffisante, je résolus d'orchestrer à nouveau la belle œuvre de Dargomyjsky. Ayant déjà orchestré, deux ou trois ans auparavant, le premier tableau, je me suis attelé au reste, en adoucissant par endroits les duretés extrêmes et les absurdités harmoniques de l'original. Le travail avançait. Avançait Pan Voyevode, avançait l'orchestration de la Statue du Commandeur, avançait également la correction des épreuves de Kastcheï l'Immortel.

Après avoir passé deux mois dans le charmant Heidelberg, nous l'avons quitté à la venue des vacances universitaires. Après un voyage en Suisse, nous sommes rentrés chez nous par Munich, Dresde et Berlin. A Dresde, nous avons pu entendre en entier la Mort des Dieux de Wagner, dont l'exécution fut admirable.

Je suis rentré à Saint-Pétersbourg avec quantité d'esquisses pour le Pan Voyevode, et je me suis remis aussitôt à l'achèvement du travail et à l'orchestration de ce que j'ai déjà écrit.

Le prince Volkonsky, ayant résilié ses fonctions de directeur des théâtres impériaux, il fut remplacé dans ce poste par M. Teliakovsky[32].

Suivant l'habitude, le répertoire des théâtres impériaux de la saison est fixé pendant le printemps, et on avait compris dans le programme de la saison de 1902-1903 Servilie. A l'automne, on commença les répétitions des chants, sous la direction de Félix Blumenfeld, Napravnik étant malade. Blumenfeld conduisit les répétitions jusqu'à celles de l'orchestre. Appréciant son travail et connaissant son désir de diriger la représentation de ma Servilie en toute indépendance, et non en qualité d'intérimaire de Napravnik, je demandai à celui-ci, déjà rétabli, de laisser à Félix ce soin. Napravnik consentit de bonne grâce.

En octobre, Servilie fut représentée dans les meilleures conditions. Mme Kouza fut parfaite en Servilie; non moins bien furent Yerchov en Valère, Srebriakov en Soran, de même les autres. L'opéra fut très bien répété et les artistes chantèrent avec une évidente bonne volonté. L'opéra passa avec un «succès d'estime» à la première représentation et, naturellement, sans aucun succès aux jours d'abonnement. Donnée encore une fois, hors d'abonnement, elle ne réunit pas une salle nombreuse et elle fut retirée du répertoire sans l'avoir mérité. La direction des théâtres impériaux l'a quand même retenue pour le répertoire de Moscou, avec les décors et toute la mise en scène de Pétersbourg.

Durant la même saison, le théâtre Marie monta la Mort des Dieux. Tout le cycle des Nibelungen fut ainsi représenté. On donna également Francesca, le nouvel opéra de Napravnik. Pendant ce temps, la Société des artistes moscovites représenta mon Kastcheï. On le donna en même temps que Yolante, et leur exécution ne fut pas mauvaise pour un opéra privé. Je fus content du style soutenu de mon opéra, et les parties de chant apparurent comme suffisamment faciles pour les artistes; mais il est peu probable que le public ait pu démêler exactement ses impressions. Les couronnes et les rappels dont fut honoré l'auteur ne préjugent rien, surtout à Moscou, où on m'aime, je ne sais trop pourquoi.

Tout en travaillant au Pan Voyevode, j'examinais avec Belsky le sujet de la Légende sur la Cité invisible de Kitej. Lorsque le plan fut définitivement établi, Belsky se mit au livret et l'acheva vers l'été. De mon côté, j'avais terminé, depuis le printemps, le brouillon du premier acte.

Après le mariage de ma fille Sonia, qui a épousé V. P. Troïtsky, nous sommes partis pour la campagne. Là, j'ai terminé d'abord l'orchestration du deuxième acte du Pan Voyevode, puis me suis mis au Kitej. A la fin de l'été, le premier et le deuxième tableau du quatrième acte furent terminés en brouillon. A mon retour à Pétersbourg, j'ai écrit le premier tableau du troisième acte, puis le deuxième de Kitej, et j'ai commencé l'orchestration.

Cette saison fut marquée pour moi par la représentation de la Pskovitaine, accompagnée de Scheloga, au théâtre Marie. Chaliapine fut merveilleux. Napravnik dirigea l'orchestre. L'opéra fut représenté avec les coupures faites sur mes indications: la scène de la forêt fut supprimée, tandis que la musique de la forêt, de la chasse tsarienne et de l'orage fut exécutée sous forme de tableau symphonique, avant le troisième acte, et se termina par la chanson des jeunes filles en sol maj., derrière le rideau baissé. Et ce fut fort bien.

Chaliapine eut un succès formidable; l'opéra eut un succès moyen, en tout cas, loin de celui qu'il avait eu au début.

Mon Saltan fut donné par la troupe de l'opéra russe au théâtre du Conservatoire. Mais je n'ai assisté ni aux répétitions, ni aux représentations, parce qu'on disait que le dirigeant occulte du répertoire y était un critique musical d'un journal pétersbourgeois à qui je ne voulais pas avoir affaire. On me dit que l'exécution fut exécrable.

Pendant les fêtes de Noël, Belaïev, qui se sentait mal depuis assez longtemps, consentit à se soumettre à une assez grave opération. Celle-ci fut accomplie d'une façon satisfaisante, mais son cœur ne put résister et, deux jours après, il expira, à l'âge de soixante-sept ans. On s'imagine quel coup cela fut pour tout le cercle dont il avait été le centre!

Par son testament détaillé, après avoir assuré l'existence de sa famille, il laissa toute sa fortune aux œuvres musicales. Chaque institution eut sa part: les «Concerts symphoniques russes», sa maison d'édition, le fonds des droits de compositeur, le prix Glinka, fondé par lui, le concours de composition de musique de chambre et, enfin, une somme permanente pour le secours aux musiciens nécessiteux. Pour administrer tous ces capitaux et les œuvres musicales fondées par lui, il indiqua trois personnes: moi, Glazounov et Liadov, avec l'obligation de choisir nos remplaçants. Les capitaux laissés par lui furent si importants qu'avec le seul revenu on pouvait assurer à perpétuité le fonctionnement de la maison d'édition, des concerts, des concours, etc. Le revenu était même plus fort que les sommes que nous avions à dépenser, de sorte que le capital augmente avec le temps. Il en résulte que grâce à l'amour désintéressé de Belaïev pour l'art, une institution sans précédent était formée, assurant à perpétuité la possibilité de publier et de faire exécuter les œuvres de la musique russe. Mais rien n'est parfait en ce monde, et le testament lui-même contenait certaines erreurs qui rendirent cette institution vulnérable. Je parlerai un jour de ces erreurs.

Au mois d'octobre, ou de novembre, fut représenté au théâtre Marie, Boris Godounov, dans ma rédaction et avec Chaliapine dans le principal rôle. Blumenfeld dirigea l'orchestre; l'opéra fut donné sans coupure. Après quelques représentations, la scène sous les Kroms fut supprimée, sans doute en raison des troubles politiques qui commençaient à éclater à cette époque. Je fus au plus haut point content de mes rédaction et orchestration de Boris Godounov, que j'ai entendu pour la première fois avec l'accompagnement d'un grand orchestre. Les fougueux admirateurs de Moussorgsky montrèrent quelque peu grise mine, exprimèrent de vagues regrets. Mais en donnant une nouvelle rédaction à Boris, je n'ai pas supprimé la version primitive. Si un jour on trouve que l'original est supérieur à ma rédaction, on n'aura qu'à représenter cette œuvre dans la partition de Moussorgsky.

AGITATION PARMI LES ÉLÈVES DU CONSERVATOIRE

(1905-1906)

LES études du Conservatoire avançaient plus ou moins régulièrement jusqu'aux fêtes de Noël. Toutefois, à la veille de ces fêtes, une certaine agitation commença à se manifester parmi les élèves, échos de celles qui avaient eu lieu parmi la jeunesse universitaire. Mais voici que vînt la journée du 9/22 janvier, et l'agitation politique souleva tout Saint-Pétersbourg. Les élèves du Conservatoire y furent entraînés à leur tour. Des réunions bruyantes eurent lieu dans les auditoires. Le directeur Bernhard, poltron et manquant de tact, voulut s'y opposer. La direction de la Société Russe Musicale intervint. Plusieurs réunions du conseil artistique et de la direction de la Société eurent lieu; je fus choisi parmi les membres du comité devant chercher le terrain d'apaisement des élèves. On proposa d'abord plusieurs mesures: exclure les meneurs, faire venir la police, fermer temporairement le Conservatoire. Nous étions quelques-uns qui défendirent les droits des élèves.

Je passais aux yeux de la partie conservatrice des professeurs et de la direction presque comme le chef du mouvement révolutionnaire parmi les étudiants. J'ai publié, dans le journal Rouss, une lettre, dans laquelle je reprochais à la direction son manque de perspicacité et démontrais la nécessité d'accorder l'autonomie au Conservatoire. A la réunion du conseil, Bernhard condamna les termes de ma lettre. On lui opposa des raisons contraires; mais il leva la séance sans laisser prendre de résolution.

La plus grande partie des professeurs, dont j'étais, l'invita alors par écrit à se démettre. Tout cela eut pour résultat la fermeture du Conservatoire, l'exclusion de plus d'une centaine d'élèves, la démission de Bernhard et ma révocation comme professeur au Conservatoire, mesure prise par la direction principale de la Société Musicale, à l'insu du conseil artistique.

Ayant reçu l'avis de ma révocation, je l'ai annoncée par une lettre publique, dans la Rouss, et j'ai donné en même temps ma démission de membre d'honneur de la section pétersbourgeoise de la Société Musicale. Il se passa alors une chose bien singulière. Des deux capitales, de tous les points de la Russie, affluèrent à mon nom des adresses collectives, des lettres des différentes institutions et d'un grand nombre de personnes, appartenant au monde musical, et où de chaudes sympathies m'étaient exprimées, ainsi que l'indignation contre la direction de la Société Russe Musicale. Des délégations des diverses sociétés et corporations vinrent me voir pour me faire les mêmes déclarations. Les journaux étaient remplis d'articles traitant mon cas. Le comité de direction était fort malmené. Quelques-uns de ses membres, notamment Persiani et Taneïev donnèrent leur démission. Les élèves du Conservatoire organisèrent une représentation de mon Kastcheï et de mes morceaux séparés au théâtre de Mme Kommissarjevsky. Kastcheï fut assez bien répété, sous la direction de Glazounov. A la fin de l'opéra, on m'appela à plusieurs reprises sur la scène, on lut des adresses de toutes sortes de corporations et on prononça des discours très violents. Un bruit indescriptible éclatait après chaque lecture d'adresse ou chaque discours. Finalement, la police ordonna de faire descendre le rideau de fer et la manifestation se termina. La partie concertrale ne put, par suite, avoir lieu.

Une pareille exagération de mes mérites et de mon soi-disant courage civique ne saurait être expliquée que par l'agitation qui s'est emparée de toute la société russe et qui voulait, en s'adressant à moi, exprimer hautement l'indignation accumulée chez elle contre le régime en général. M'en rendant bien compte, je n'en ressentis aucune satisfaction d'amour-propre. J'attendis seulement que cela finisse. Mais cela ne finit pas de sitôt, car cela dura encore deux mois entiers. Ma situation n'était pas tenable. La police donna l'ordre d'empêcher toute exécution de mes œuvres à Saint-Pétersbourg.

Certains satrapes de province donnèrent les mêmes ordres dans leur ressort. En vertu de cette interdiction, le troisième concert symphonique, dont le programme portait l'ouverture de la Pskovitaine, n'eut pas lieu. Vers le commencement de l'été, la force de cette absurde interdiction faiblit peu à peu, et mes œuvres apparurent en grande quantité sur le programme des orchestres en plein air, précisément à cause de l'attention dont je fus l'objet. Seuls, les zélés gouverneurs de province continuèrent à considérer, pendant quelque temps encore, mes œuvres comme révolutionnaires.

Les études du Conservatoire ne reprenaient point. Glazounov et Liadov démissionnèrent. Quant à mes autres collègues, après quelques palabres bruyants, ils restèrent tous, sauf Verjbilovitch, celui-ci sans raison explicable. Mme Essipov partit pour l'étranger, et Blumenfeld, qui saisit ce prétexte qu'il cherchait depuis longtemps, quitta à son tour le Conservatoire. Les professeurs, assemblés en des réunions privées chez Sacha Glazounov, élurent celui-ci directeur du Conservatoire autonome. Mais cette élection resta pour l'instant toute platonique.

Les événements du printemps de 1905 qui eurent lieu au Conservatoire et toute l'histoire me concernant sont décrits ici fort brièvement; mais les matériaux s'y rapportant: articles, lettres, avis officiels m'annonçant ma révocation, etc., sont conservés par moi en ordre parfait. Quiconque s'y intéresse pourrait utiliser ces matériaux; quant à moi, je n'ai aucune envie de décrire en détail ce long intermède dans ma vie musicale.

Nous avons passé l'été de 1905 de nouveau à Vetchascha. Mon fils André, souffrant de rhumatismes, partit avec sa mère pour une cure à l'étranger et revint à Vetchascha vers la fin de l'été seulement.

Fort troublé par les événements du Conservatoire, je fus longtemps avant de me remettre au travail. Après divers essais d'une étude contenant l'examen de ma Snegourotchka, je me suis mis enfin à la réalisation d'une idée, déjà ancienne, d'écrire un traité d'orchestration, en l'appuyant sur des exemples pris exclusivement dans mes œuvres. Ce travail dura pendant tout l'été. De plus, j'ai eu à récrire au net et à parachever la partition de Kitej en vue de sa publication. L'édition en fut cette fois assurée par la firme de Belaïev.

A mon retour à Saint-Pétersbourg, tout mon temps fut pris par le choix des exemples pour mon traité d'orchestration et l'élaboration de la forme du traité même. Le Conservatoire demeurait toujours fermé. Les élèves venaient prendre leurs leçons chez moi.

Au début de l'automne, je fus appelé à Moscou pour la représentation de Pan Voyevode au Grand Théâtre Impérial. C'est le talentueux Rakhmaninov qui dirigea l'orchestre. La musique avait été très bien étudiée, mais quelques-uns des chanteurs furent un peu faibles. L'orchestre et le chœur furent excellents.

Je me suis rendu compte avec satisfaction que mes conceptions musicales se réalisaient parfaitement dans la pratique, tant dans la partie vocale que dans la partie orchestrale. La musique, qui donnait déjà une impression satisfaisante sur la scène d'un opéra privé, gagnait énormément dans l'exécution d'un grand orchestre. Les voix résonnaient d'une façon parfaite. Et toute l'orchestration était aussi bonne. Le commencement de l'opéra, le nocturne, la scène d'envoûtement, la mazurka, la cracovienne, la polonaise pianissimo, pendant la scène de Jadviga avec le pan Dzuba, ne laissaient rien à désirer. Le chant sur le cygne mourant, qui a beaucoup plu à Saint-Pétersbourg, parut ici plus pâle, chanté par Polozova, et l'air du Voyevode fut exécuté par Pétrov sans relief.

Le temps ne fut pas moins troublé à Moscou pendant les représentations de Pan Voyevode. Une grève éclata dans les imprimeries quelques jours avant la première représentation; sauf les affiches du théâtre, aucune annonce ne put paraître dans les journaux, et la première soirée, la salle fut loin d'être comble.

L'opéra eut un «succès d'estime»; cependant, la fréquence des grèves, l'agitation politique, et enfin, la révolte de décembre qui eut lieu à Moscou, eurent pour résultat de faire disparaître mon œuvre du répertoire de l'Opéra, après quelques représentations.

Teliakovsky n'avait assisté qu'à la première représentation. Ayant appris par Rakhmaninov que j'ai achevé ma Légende sur le Kitej, il m'exprima le désir de le monter à Pétersbourg durant la saison prochaine. Je lui ai répondu que j'ai pris la résolution de ne plus présenter jamais mes opéras à la direction: qu'elle choisisse elle-même parmi mes œuvres éditées; mais puisque le directeur s'intéressait à mon Kitej, je lui en adresserai un exemplaire dès l'impression de l'opéra, avec une dédicace; quant à le monter ou à ne pas le monter, c'était à lui de décider; s'il le fait, j'en serais très heureux; sinon, je ne lui adresserai aucun reproche.

Après avoir entendu mon Sadko au théâtre Solodovnikov, dans une détestable exécution, je revins à Saint-Pétersbourg.

Pendant cet automne, la mort emporta Arensky. Après la fin de ses études au Conservatoire de Saint-Pétersbourg, mon ancien élève devint professeur au Conservatoire de Moscou et vécut plusieurs années dans la vieille capitale. D'après tous les témoignages, sa vie s'était écoulée d'une façon désordonnée, dans les buveries et les jeux de cartes, ce qui pourtant n'entrava pas sa fécondité de compositeur. A un moment donné, il eut même une crise de folie qui passa, toutefois, sans laisser de trace. Ayant abandonné le professorat au Conservatoire de Moscou, il alla habiter Saint-Pétersbourg et fut pendant quelque temps le successeur de Balakirev à la tête de la chapelle de la Cour. Dans cette fonction, il continua de même à mener sa vie désordonnée, quoique à un degré moindre. Il quitta également la chapelle de la Cour et prit la direction du chœur du comte Scheremetiev. Dès lors sa situation devint bien plus enviable. Ayant le titre d'un fonctionnaire pour mission spéciale au ministère de la Cour, Arensky recevait 6.000 roubles de traitement, tout en jouissant de loisir pour s'occuper de ses œuvres. Aussi composait-il beaucoup; mais en même temps, ses orgies et le jeu reprirent de plus belle et minèrent sa santé. Finalement, il contracta la tuberculose. Parti déjà très bas pour Nice, il revint mourir en Finlande.

Depuis qu'il vint habiter Saint-Pétersbourg, Arensky entretenait des relations amicales avec le cercle Belaïev; mais en tant que compositeur, il se tenait à l'écart, rappelant sous ce rapport Tchaïkovsky. Quant à ses tendances musicales, il se rapprochait le plus de celles d'Antoine Rubinstein, sans en avoir au même degré la force créatrice, bien qu'au point de vue instrumental, il le dépassait, parce que enfant de son temps. Dans sa jeunesse, Arensky ne fut pas sans subir mon influence et, plus tard, celle de Tchaïkovsky. Mais son souvenir ne lui survivra pas longtemps.

La grande grève éclata à ce moment. Arriva la journée du 30 octobre, avec les manifestations populaires du lendemain[33]. Pendant quelque temps, une liberté complète de la presse régna; puis elle fut de nouveau abolie et les répressions leur succédèrent. Aussi, n'avais-je point l'état d'esprit nécessaire pour continuer mon travail de rédaction du traité d'orchestration.

Cependant, au milieu de ce trouble, un règlement temporaire fut promulgué, par lequel une certaine autonomie était accordée au Conservatoire. Le Conseil artistique acquérait le droit de nommer les professeurs en dehors de la compétence de la direction, et choisir dans son sein le directeur du Conservatoire pour un temps défini. En vertu de ces nouveaux principes, le Conseil m'invita, ainsi que les autres professeurs qui ont quitté le Conservatoire à cause de moi, à reprendre nos fonctions. Le Conseil reconstitué, élut, dès sa première séance, Glazounov comme directeur du Conservatoire. Les élèves exclus furent réadmis. Mais il fut impossible de recommencer les études, car la réunion des élèves décida de ne pas les reprendre tant que ne seront pas reprises les études dans les autres établissements de l'enseignement supérieur. Il fut donc décidé de procéder seulement aux examens au mois de mai.

Je continuais à enseigner à mes élèves chez moi. Pendant ce temps, les réunions du Conseil artistique étaient orageuses à l'extrême. Certains de ses membres préconisaient la continuation des cours, dénigrant les élèves de toutes les façons et se querellant avec Glazounov, qui tenait à respecter la décision des élèves; d'autres membres, d'abord partisans du nouveau directeur, lui tournèrent le dos, sous l'influence de la réaction qui s'était produite dans une partie de la société russe. La situation de Glazounov, adoré par les élèves, était difficile. La partie conservatrice du Conseil lui faisait une opposition acharnée à toutes les séances. Pendant l'une d'elles, je perdis patience et quittai la salle, déclarant que je ne saurais plus rester au Conservatoire. On courut après moi et on essaya de me calmer. J'écrivis au Conseil une lettre d'explication où j'avouai que je n'aurais pas dû m'emporter, mais je donnai le motif de mon indignation.

J'ai décidé de rester encore au Conservatoire jusqu'à l'été et de l'abandonner à l'automne, parce que la direction pétersbourgeoise de la Société Musicale, qui s'était d'abord effacée, reprit de l'assurance et entrava toutes les initiatives de Glazounov au point de vue pécunier. Je dis à Glazounov mon intention de m'en aller et cherchai à le persuader de faire de même. Il fut au désespoir et vit dans mon abandon du Conservatoire le prélude d'une nouvelle difficulté, mais refusa de démissionner lui-même, espérant être encore utile à l'établissement.

Vint le mois de mai et l'époque des examens. Glazounov les conduisit avec énergie. Les esprits des étudiants se calmèrent pendant les examens, et l'année scolaire se termina sans incidents. Par affection pour mon cher Sacha et aussi pour nombre de mes élèves, je résolus de ne pas démissionner pour l'instant, car les intentions de Glazounov étaient les meilleures, et il m'était pénible de déranger ses projets.

Pendant la deuxième moitié de la saison, Snegourotchka fut reprise au théâtre Marie, et donnée onze fois, sous la direction de Blumenfeld. Malgré le temps de trouble, les recettes furent très bonnes. La Fiancée du Tzar, donnée au commencement de l'automne, ne fut pas reprise, et au printemps recommencèrent les répétitions de la Légende sur la cité invisible de Kitej, sur la propre initiative de Teliakovsky, qui avait reçu de moi un exemplaire de la partition.

Au printemps, j'ai repris mon travail de rédaction des œuvres de Moussorgsky. Les reproches que j'ai entendus me faire à maintes reprises pour avoir supprimé quelques pages de Boris Godounov, finirent par m'inciter de revenir à cette œuvre et de procéder à la rédaction et à l'orchestration de ces pages supprimées et de les publier sous forme de supplément à la partition. J'ai orchestré ainsi le récit de Pimen concernant les tzars Ivan et Féodor, le récit sur le pope, l'horloge au coucou, la scène de l'Imposteur avec Rangoni à la fontaine, et le monologue de l'Imposteur, après la polonaise.

Le tour vint également du fameux Mariage[34]. D'un commun accord avec Stassov, qui cachait jusqu'alors, à la Bibliothèque Impériale, le manuscrit de l'opéra à tous les regards indiscrets, cette œuvre fut exécutée un soir chez moi par Sigismond Blumenfeld, ma fille Sonia, le ténor Sandoulenko et le jeune Stravinsky. Ma femme accompagnait. Mise ainsi au jour, cette œuvre frappa tout le monde par son esprit autant que par son manque de musicalité préconçue. Après réflexion, je me suis décidé, au grand plaisir de Stassov, de faire éditer cet opéra par Bessel, en le révisant et en le corrigeant préalablement, avec la pensée de l'orchestrer un jour pour sa représentation sur la scène[35].

J'ai déjà fait allusion à la nécessité pour mon fils André d'aller compléter sa cure à l'étranger. Il partit au début de mai avec sa mère. Mon fils Volodia devint libre aussi après les derniers examens de l'Université, où il terminait ses études cette année. Il fut donc convenu que nous passerions tout l'été à l'étranger.

Je suis parti avec Volodia et ma fille Nadia, au début de juin, en passant par Vienne, pour me rendre à Riva, sur le lac de Garde. Ma femme et André devaient venir nous rejoindre. Nous passâmes dans la charmante Riva près de cinq semaines. Je m'occupais de l'orchestration de mes romances: le Songe d'une nuit d'été et Antchar. J'ai orchestré également trois romances de Moussorgsky, développé ma trop courte Doubinouschka[36] et Kastcheï, qui ne me satisfaisait point, en y ajoutant un chœur dans les coulisses.

En revanche, le mystère Terre et Ciel avançait difficilement, de même que Stegnka Razine. Aussi, la pensée d'arrêter ma carrière de compositeur, qui me poursuivait depuis l'achèvement de Kitej, continua-t-elle à me poursuivre ici encore.

Les nouvelles de Russie me maintenaient dans un état d'inquiétude, mais je résolus de ne pas abandonner le Conservatoire, si les circonstances ne me l'imposaient point, d'autant plus que les lettres de Glazounov, qui s'était mis à la partition de sa huitième symphonie, m'apportaient quelque consolation. J'ai résolu de ne pas l'abandonner; quant à mes compositions, l'avenir en décidera. En tout cas, je tâcherai d'éviter de me mettre dans la situation d'un chanteur qui a perdu sa voix. On verra bien...

Après avoir passé cinq semaines tranquilles à Riva, nous avons accompli un voyage à travers l'Italie et sommes revenus à Riva pour quinze jours encore. Demain nous quittons ce charmant endroit et partons, par Munich et Vienne, pour la Russie.

Le récit de ma vie musicale est conduit jusqu'à sa fin. Il est désordonné, il n'est pas également détaillé partout, il est écrit en mauvais style, il est souvent assez sec; en revanche, il ne contient que la vérité, et c'est là son intérêt.

A mon arrivée à Saint-Pétersbourg, se réalisera peut-être ma très ancienne idée d'écrire un journal intime. Mais qui sait si j'aurai longtemps à l'écrire?...

Riva sul lago di Garda, 22 août (vieux style) 1906.

NOTES

[1] Lettre citée par le critique musical V. Baskine dans son étude sur Rimsky-Korsakov (Supplément littéraire de la Niva, juin 1909).

[2] Maître de piano de Rimsky-Korsakov et qui l'avait mis en contact avec Balakirev (Note du trad.).

[3] Célèbre critique d'art qui, avec César Cui, s'était fait, dans la presse, le puissant défenseur de la «Nouvelle École». (Note du trad.).

[4] Rousslan et Ludmila, opéra de Glinka. (Note du traducteur.)

[5] L'auteur de l'hymne russe. (Note du trad.).

[6] Sur lequel le jeune marin avait fait son voyage de circumnavigation (Note du trad.).

[7] L'auteur parle ensuite de l'exécution de sa première œuvre aux concerts de l'École Gratuite de Musique (Note du trad.)

[8] L'Assemblée populaire de l'ancienne république de Pskov. (Note du traducteur.)

[9] Le censeur. (Note du trad.)

[10] Le grand-duc Constantin Nicolaïevitch, frère d'Alexandre II, alors grand amiral de la flotte russe. (Note du traducteur.)

[11] Le chef d'orchestre influent du théâtre impérial Marie et auteur, lui-même, de compositions musicales. (Note du trad.)

[12] La sœur de la future Mme Rimsky-Korsakov (Note du trad.)

[13] Le 21 janvier 1874, fut représenté au Théâtre Marie, l'opéra de Moussorgsky: Boris Godounov. Le succès fut grand. «Nous triomphions», dit Rimsky-Korsakov en faisant allusion au groupe des «cinq». (Note du trad.)

[14] Contes de Gogol. (Note du trad.)

[15] Célèbre critique musical.

[16] Le prélude fut par la suite mis au point par A.-K. Liadov. (Note de

l'auteur.)

[17] En 1876, Rimsky-Korsakov avait été chargé de reviser et de rédiger, pour une nouvelle édition, les éditions précédentes, fort défectueuses, des partitions de Glinka. (Note du trad.)

[18] D'après lequel Rimsky-Korsakov a écrit son livret de la Pskovitaine. (Note du trad.).

[19] Violon à trois cordes avec archet. (Note du trad.)

[20] L'auteur de la nouvelle La Nuit de Mai, d'où le compositeur a tiré le livret de l'opéra (Note du trad.).

[21] Considéré en Russie comme le plus grand dramaturge russe. (Note du trad.).

[22] Deux familles bien connues, dont plusieurs membres se sont distingués dans divers arts. (Note du trad.).

[23] Critique musical bien connu du journal Novoïe Vremia. (Note du trad.)

[24] Le terme «chapelle»,—en russe «capella», tirant son origine de l'italien,—comprend le chœur et l'orchestre.

[25] B-la-F (si-bém.-la-fa), ces trois notes forment le nom Belaïev (Note de Adam de Wienawski).

[26] Critique musical fameux (Note du traducteur).

[27] Célèbre poète russe. (Note du traducteur.)

[28] Ancienne coutume de chanter à Noël ou au Nouvel An pour souhaiter la bonne fête devant les portes ou les fenêtres des habitants. (Note du traducteur.)

[29] Cet intermezzo s'est conservé dans les papiers de Rimsky-Korsakov, sous forme de partition et de transposition à 4 mains. (Note de Mme Rimsky-Korsakov.)

[30] Riche négociant de Moscou qui patronnait volontiers diverses entreprises d'art. (Note du traducteur.)

[31] Critique musical de Moscou. (Note du traducteur.)

[32] Précédemment directeur des théâtres impériaux de Moscou. Il est encore aujourd'hui à la tête de l'intendance générale des théâtres impériaux, comprenant ceux de Moscou et de Saint-Pétersbourg. (Note du traducteur.)

[33] Il s'agissait, on se souvient, de la grève générale des ouvriers au nombre de 5 millions, qui arrêta toute la vie du pays et dura dix-sept jours. Elle provoqua la publication du manifeste impérial du 30 octobre, qui est comme la charte du nouveau régime. Le 31 octobre eurent lieu des manifestations violentes en sens inverses, les unes pour acclamer les libertés annoncées, les autres, celles des partisans de l'ancien régime, pour attaquer les intellectuels (Note du Traducteur).

[34] Opéra inachevé de Moussorgsky sur les paroles de la comédie de Gogol. (Note du Traducteur.)

[35] Les premières douze pages de la partition, écrites au net, ont été retrouvées dans les papiers de Rimsky-Korsakov. (Note de Mme Rimsky-

Korsakov.)

[36] Sans doute sur le motif du chant des haleurs de la Volga. (Note du traducteur.)

14961413R00081

Printed in Great Britain
by Amazon.co.uk, Ltd.,
Marston Gate.